KB169327

한여름 밤의 꿈

한국셰익스피어학회 작품총서 032

한여름 밤의 꿈
A Midsummer Night's Dream

윌리엄 셰익스피어 지음

김용태 옮김

도서출판 ┃동인

발간사

　지금까지 셰익스피어 작품에 대한 번역은 끊임없이 다양한 동기에 의해 진행되어 왔다. 초창기 셰익스피어 작품 번역은 일본어 번역을 우리말로 옮기는 작업이었다. 일본이 서구에 대한 수용을 활발한 번역을 통해서 시도하였기 때문에 일본어를 공부한 한국 학자들이 번역을 하는데 용이했던 까닭이었다. 하지만 이 경우는 문학적인 차원에서 서구 문학의 상징적 존재인 셰익스피어를 문학적으로 소개하는 것이 목적이어서 문어체를 바탕으로 문장의 내포된 의미를 부연하게 되어 매우 복잡하고 부자연스러운 번역이 주조를 이루었던 것이 문제가 되었다.

　그 다음 세대로서 영어에 능숙한 학자들이나 번역가들이 셰익스피어 번역에 참여하게 되었다. 셰익스피어 작품에 대한 수많은 주(note)를 참조하여 문학적 이해와 해석을 곁들인 번역은 작품의 깊이를 파악하는데 많은 도움이 되었다고 볼 수 있다. 하지만 셰익스피어 작품을 무대에 올리는 배우들에게는 또 다른 문제가 생길 수밖에 없었다. 문학적 해석을 번역에 수용하는 문장은 구어체적인 생동감을 느낄 수 없었고, 호흡이 너무 길어 배우가 대사로 처리하기에 부적합하였다.

이런 문제점을 해결하기 위해서 번역가마다 각자 특별한 효과를 내도록 원서에서 느낄 수 있는 운율적 실험을 실시하기도 하였다. 그런 시도는 셰익스피어 번역에 새로운 분위기를 자아내었을 뿐 아니라 다양한 번역이 이루어져 나름의 의미가 있었다고 본다. 반면에 우리말을 영어식의 운율에 맞추는 식의 인위적 효과를 위해서 실험하는 것은 배우들이 대사 처리하기에 또 다른 부자연성을 느끼게 하였다.

한국에서 셰익스피어를 연구하는 학자들이 모이는 한국셰익스피어학회에서 셰익스피어 탄생 450주년을 기념하여 셰익스피어 전작에 대한 새로운 번역을 시도하기로 하였다. 우선 이번 번역은 셰익스피어 원서를 수준 높게 이해하는 학자들이 배우들의 무대 언어에 알맞은 번역을 한다는 점에서 차별성을 두고자 한다. 또한 신세대 학자들이 대거 참여하여 우리말을 현대적 감각에 맞게 구사하여 번역을 하자는 원칙을 정하였다.

시대가 바뀔 때마다 독자들의 언어가 달라지고 이에 부응하는 번역이 나와야 한다고 본다. 무대 위의 배우들과 현대 독자들의 언어감각에 맞는 번역이란 두 마리 토끼를 잡는 것은 그리 쉬운 일은 아니지만 매우 의미 있는 일일 것이다. 이번 한국 셰익스피어 학회가 공인하는 셰익스피어 전작 번역이 성공적으로 이루어지도록 뒷받침하는 도서출판 동인의 이성모 사장에게 심심한 감사의 뜻을 전하며 인문학의 부재의 시대에 새로운 인문학의 부활을 이루어내는 계기가 되리라 믿는다.

2014년 3월
한국셰익스피어학회 17대 회장 박정근

옮긴이의 글

　　셰익스피어의 『한여름 밤의 꿈』은 코미디 영역에서 가장 인기 있는 작품 중의 하나로 꼽힌다. 가장 큰 이유는 다양한 계층의 인물들이 등장하여 웃음을 유발하는 자원이 풍부하다는 것이다. 요정의 세계는 유쾌하고 몽환적인 분위기 조성에 커다란 일조를 하며, 젊은 귀족 인물들의 대사는 꼬리에 꼬리를 무는 긴장감과 젊은이 특유의 톡톡 튀는 표현들이 가득하고, 하층 노동자 인물들의 무식함과 무지는 시종일관 관객들에게 우월감 넘치는 웃음을 선사한다. 그러나 이러한 『한여름 밤의 꿈』의 묘미들이 각각의 계층들의 독특한 특색을 살려야 한다는 점에서 오히려 번역을 힘들게 만들기도 한다는 것은 아이러니이다. 이번 셰익스피어 작품 번역 시리즈는 무대 공연용 번역이란 점에서 더욱 그러하다.

　　다른 작품의 번역자들도 무대용 번역이라는 점에서 생소한 난관을 겪었을 터, 가장 유쾌한 코미디의 대사들을 공연용으로 우리말로 옮기는 일은 배우들의 편이성과 관객의 반응을 우선 염두에 두어야 하는 쉽지 않은 작업이었다. 배우들의 편이성이란 배우들의 발화에 적합하도록 번역하는 것이고, 관객의 반응이란 배우들 대사의 의미와 용도를 관객들이 쉽게 이해할 수 있도록 번역하는 일과 관련된다. 번역 작업에서 흔히 겪게 되는 오류 중 하나는 자꾸 설명조가 되는 일이다. 원문에 담긴 내용을 번역 과정에서 충분히 전달해주는가에 대한 불안감은 번역문을 장황하게 만드는 원인이 된다. 이는 무대 용으로는 전혀 어울리지 않는 번역이기에 원문의 의미와 용도를 다소 잃게 되더라도 가능한 한 우리말답게 그리고 호흡에 적당한 길이가 되도록 노력하였다.

16세기 런던의 관객들을 대상으로 했던 셰익스피어에서 21세기 대한민국의 관객들을 대상으로 하는 셰익스피어로 전환하는 작업의 어려움들 중 하나는 16세기 런던 관객들이 재미있어 했던 대사를 우리의 관객들도 재미있어 하는 대사로 만드는 일이다. 이를 위해 우리 시대 관객들도 공감할 수 있는 부분에서는 셰익스피어 당대의 웃음 문맥을 살리고자 하였다. 그렇지 않은 부분에서는 셰익스피어 당시의 웃음 문맥보다는 우리시대의 상황에 대입하여 번역하고자 하였다. 가령, 요정들의 노래나 바틈이 연극 연습 과정에서 부르는 노래의 원문은 두운이나 각운을 사용하는 경우가 많고, 번역 과정에서도 원문의 두운이나 각운의 맛을 살리려 노력하였다. 그러나 원문의 의미와 두운이나 각운을 동시에 살리는 것은 거의 불가능한 일이었다. 따라서 번역과정에서 두운이나 각운의 맛을 살리기 위해 원문의 의미와 다른 의미로 번역하기도 하였다.

독자들뿐 아니라 배우들도 셰익스피어를 가능한 더 잘 이해하기 위해 번역자에게 필요한 작업들 중의 하나가 작품 속의 시대적 배경이나 당시 영국 사회의 여러 양상들 그리고 당시 흔히 알려진 그리스나 로마 신화에 대한 언급들에 대한 이해를 제공해주는 것이다. 이는 각주를 통해 실행하고자 하였다. 그러나 보다 많은 주석을 통해 좀 더 이해시키고자 하는 욕망은 순간순간 자제하여야 했다. 왜냐면 너무 많은 주석은 배우/독자들에게 읽기 진행 속도를 방해하거나 모든 걸 다 알아야 한다는 부담감을 안겨줄 수 있기 때문이다. 이해에 필수적이라 생각되는 주석으로 한정하면서 총수를 가능한 줄이려 하였을 뿐 아니라 각 주의 분량도 한 눈에 들어올 수 있는 분량으로 조절하려 하였다.

이번 『한여름 밤의 꿈』 번역 작업의 근간은 원작이 주는 코미디의 극적 효과를 가능한 생생히 살리는 것이었다. 배우들이 공연 준비를 하면서 배우 스스로 이 작품의 재미에 빠져들 수 있기를 바라며 혹시 단순히 읽기용으로 선택한 독자들 역시 그만큼의 재미를 발견하여 이 작품이 진정 사랑스런 작품으로 기억되기를 바란다.

2016년 9월

김용태

| 차례 |

등장인물

테세우스	아테네의 공작
히폴리타	아마존의 여왕, 테세우스의 약혼녀
이지어스	아테네의 귀족, 허미아의 부친
라이샌더	허미아를 사랑하는 청년
드미트리어스	허미아를 사랑하는 청년
허미아	이지어스의 딸, 라이샌더를 사랑하는 처녀
헬레나	드미트리어스를 사랑하는 처녀
필로스트레이트	공연감독관
피터 퀸스	목수
닉 바틈	직조공
프란시스 플루트	풀무수선공
로빈 스타블링	재단사
톰 스나우트	땜장이
스너그	가구장이
오베론	요정의 왕
티타니아	요정의 여왕
퍼크, 로빈 굿펠로우	오베론의 장난꾸러기 요정
꽁꽃	
거미집	
나방	티타니아의 요정들
겨자씨	

1막

1장

테세우스, 히폴리타, 필로스트레이트 등장

테세우스 어여쁜 히폴리타,[1] 우리 결혼식이

시시각각 다가오는군. 행복한 나흘이[2] 지나면

새 달이 뜨겠지. 허나, 지금 이 달은

어찌도 천천히 지는지! 마치 계모나 과부가

5 젊은 아들 돈주머니 꿰차고 축내듯,

이놈의 달도 나를 애타게 하는군.

히폴리타 나흘은 금세 밤으로 젖어들고

나흘 밤은 이내 꿈결같이 지나가겠지요.

그리고 지금 당겨진 은빛 활모양

10 창공에 떠있는 이 달도 우리 혼인식 밤을

마주하겠지요.

테세우스   필로스트레이트, 가서 아테네 젊은이들을

즐거움으로 들뜨게 하라. 기다렸다는 듯

유쾌해질 것이다. 그 마음을 깨워라.

---

1. 히폴리타는 아마존의 여왕으로 아테네와 아마존 사이의 전쟁에서 아테네가 승리하
   면서 테세우스는 히폴리타를 생포해 아테네로 데리고 온다.
2. 실제로 결혼식은 다음날 밤에 거행된다. 그러나 나흘이라는 시간을 설정함으로써 시
   간이 더디 가는 듯 느끼는 테세우스의 조바심을 강조해준다.

우울한 마음은 장례식에나 어울린다.
창백한 놈들은 잔치자리엔 어울리지 않아.   15

[필로스트레이트 퇴장]

히폴리타, 한때 난 칼로 당신께 구애했었지.
상처를 입혀가며 사랑을 얻어낸 셈이야.
허나 결혼만큼은 다른 식으로 하려 하오.
화려하고, 멋들어지고, 흥겹게.

이지어스와 그의 딸 허미아, 라이샌더, 드미트리어스 등장

이지어스 고명하신 테세우스 공작님, 평안을 빕니다.   20

테세우스 고맙소, 어지신 이지어스. 무슨 일이오?

이지어스 내 자식, 내 딸 허미아 이년 때문에
울화통이 터져 한 말씀드리려 왔습니다.
드미트리어스, 자 이리 앞으로, ─공작님,
이 친구가 제가 결혼을 허락한 자입니다.   25
자, 자 라이샌더 자네, ─그리고 공작님,
이놈이 제 딸년 마음을 훔쳐간 놈입니다.
라이샌더 이 자식, 연애시를 읊어주느니,
사랑의 징표를 나누느니 하더니 말야.
달밤 딸애 방 창문가에서 사기꾼 목소리로   30
사기꾼 같은 사랑 노래나 불러재끼고,
게다가 네 놈 머리카락으로 만든 팔찌, 반지, 온갖 패물,
싸구려 장신구, 꽃다발, 사탕 등등, 어린애 마음을 홀라당 할

그런 것들로 내 딸 마음에 네놈 도장을 찍어놓았지.

35   그런 속임수로 이 애 마음을 훔쳐내 언제나 아비 말이면

꼼짝 못하던 애를 머리 꼿꼿이 들고 아비에게 대드는

못된 딸로 만들어놓았다 이거야. 아무튼 공작님,

드미트리어스와 결혼을 거부하면 공작님 전에서

부득이 아테네의 오랜 법을 들먹이지 않을 수 없습니다.

40   제 딸년은 제 것이니까 제 맘대로 하겠습니다.

이런 경우 나라 법에 따라

이 친구와 결혼하든지, 아니면 죽음이지요.

테세우스 이런, 이런, 허미아야, 내 말 잘 들어보려무나.

네게 아비는 하느님이나 마찬가지야.

45   네 아름다운 모습을 만들어낸 분이시지.

아무렴, 네가 밀랍덩어리라면, 네 아비는

그걸 찍어 모양을 만들어낸 분이야. 그러니

네 아비 맘대로 만들기도 뭉개버릴 수도 있는 거야.

드미트리어스는 괜찮은 청년이다.

50 **허미아** 라이샌더도 그렇습니다.

테세우스   사람만 놓고 보면 그럴 수 있겠지.

그런데 이번 경우 네 아버지의 허락이 없으니

다른 쪽이 더 괜찮다 할 수 있는 거다.

허미아 아버지가 제 눈으로 봤으면 합니다.

테세우스 아니지, 네 눈이 아버지 판단을 따라야지.

55 **허미아** 감히 공작님께 간청 드립니다.

제가 무슨 힘으로 이렇게 용감해졌는지,

공작님 전에서 제 생각을 간청하는 게

늘 삼가야 할 제게 얼마나 옳은 일인지 모르겠습니다.

그렇지만 알려주십시오. 제가 드미트리어스와

끝내 결혼하지 않는다면   60

가장 끔찍한 벌은 무엇인지요?

테세우스 죽음—아니면

영원히 남자와 함께 하지 못하는 거다.

착한 허미아야, 네 욕망에 의문을 던지고,

네 젊음을 잊지 말고, 네 혈기를 따져 보거라.   65

아버지 선택을 따르지 않고

과연 수녀복을 견뎌낼 수 있을지,

영원히 어두컴컴한 수녀원에 갇힌 채

냉정한 처녀 달님에게[3] 맥 빠진 노래나 부르며

평생 남자를 모르는 수녀로 살아야할지 말이다.   70

물론 젊은 혈기를 누르고 평생 처녀로 순례 길을 가는 것

크나큰 축복받을 일이기는 하다.

그런데, 독신이라는 가시 때문에 시들면서

독신의 축복으로 커가고, 살아가고, 죽는 것보다는

결혼이라는 장미의 즙이 더더욱 달콤한 법이지.   75

허미아 공작님, 제 처녀의 특권을 이 남자에게 양도하느니, 차라리

그렇게 커가고, 그렇게 살다가, 그렇게 죽겠습니다.

---

3. 달의 여신 다이애나는 정조를 지키는 처녀 여신으로 알려져 있다.

원치 않은 이 남자 족쇄에 모든 것을 맡기고

주인처럼 모시면서 살고 싶지 않습니다.

80 **테세우스** 시간을 좀 가지 거라. 새 달이 뜰 무렵,

내 사랑과 나를 영원한 동반자로

확실히 도장 찍어줄 그 날,

네 아비의 뜻을 거슬러

죽을 준비를 하거나,

85 아니면, 드미트리어스 원대로

이 친구와 결혼을 하든지,

아니면, 처녀 여신 다이애나 제단에

영원한 고행과 독신을 맹세하든지 해야 한다.

드미트리어스 어여쁜 허미아, 마음을 돌려줘. 그리고 라이샌더,

90 내 정당한 권리에 네 부당한 주장을 양보해.

라이샌더 드미트리어스, 넌 허미아 아버지 사랑을 받고 있으니,

허미아 사랑은 내가 갖고, 넌 그분하고나 결혼하지 그래.

이지어스 이 못된 라이샌더, 그래 이 녀석이 내 사랑을 받고 있다.

그래서 내 사랑으로 내 것을 이 녀석에게 줄 거다.

95 그리고 내 딸은 내 것이니까, 이 애에 대한

내 모든 권리를 드미트리어스에게 양도한다.

라이샌더 어르신, 저도 이 녀석 못지않은 가문이고,

가진 것도 못지않습니다. 게다가 사랑은 더 하지요.

재산도 어느 모로 보나, 더 낫다고는 못해도,

100 드미트리어스와 같은 급이라 할 수 있습니다.

그리고 무엇보다도 자랑스러운 건,

이 아름다운 허미아가 저를 사랑하고 있다는 겁니다.

그러니 왜 제 권리를 행사할 수 없다는 겁니까?

대놓고 한 말씀드리겠습니다. 드미트리어스는

네다 어르신의 딸 헬레나를 꼬드겨   105

마음을 빼앗았습니다. 헬레나, 그 착한 헬레나는,

바람둥이 망나니 같은 이 녀석에게 넘어가,

그야말로 우상숭배라도 하듯 홀딱 빠져있답니다.

테세우스 실은 나도 그 점 충분히 들은 바 있고

그 문제로 드미트리어스와 얘기 좀 할까 했었지.   110

그런데 여러 가지 내 사적인 문제로 정신없다 보니

그 점 놓치고 있었네. 자 자, 드미트리어스,

그리고 이지어스 함께 가세.

두 사람에게 은밀히 충고 할 게 있네.

아리따운 허미아, 넌 마음을 가다듬고   115

네 헛된 사랑을 아버지 뜻에 맞출 준비를 하거라.

그렇지 않으면 우리가 절대 그냥 넘길 수 없는

아테네 법에 따라 죽음에 처해지든, 아니면

독신의 맹세를 해야 한다.

자 갑시다, 히폴리타. 왜 그러시오, 내 사랑?[4]   120

드미트리어스, 이지어스, 함께 가세.

---

4. 히폴리타는 죽음이나 독신의 위협을 받고 있는 허미아를 보면서 전쟁에 져 테세우스와 결혼을 앞둔 자신과 동변상련을 느끼며 침울한 표정을 짓고 있다.

우리 결혼식에 이런 저런 도움 좀 청할까 하네.

그리고 두 사람과 관련된 일로 긴히 의논도 하고.

이지어스 그리하겠습니다, 공작님.

라이샌더와 허미아만 남기고 모두 퇴장

125 **라이샌더** 괜찮아? 얼굴이 창백해 보여.

장미꽃이 이리도 금방 시들 수 있는 건가?

허미아 아마도 빗물이 모자라 그러겠지. 그것쯤 내 두 눈에

폭풍이 몰아치면 실컷 뿌려줄 수 있는데 말야.

라이샌더 이런 이런, 내가 지금껏 읽어본 어떤 책에서나,

130 내가 들어본 어떤 이야기나 역사 속에서도

진정한 사랑의 길은 결코 순탄치 않다고 해.

신분의 차이 때문이랄까ー

허미아 제기럴, 너무 높은 신분이라 낮은 신분과 맺어질 수 없다 이거지.

라이샌더 아니면, 나이 때문에 맺어질 수 없다거나ー

135 **허미아** 젠장, 나이가 많아 어린 사람과 맺어질 수 없다 이거지.

라이샌더 아니면, 친구들의 선택에 달렸다거나ー

허미아 빌어먹을, 다른 사람 눈으로 사랑을 선택한다 이거지.

라이샌더 아니면, 설사 선택이 일치한다 해도

전쟁이나 죽음, 질병이 사랑을 포위하고 공격해서

140 소리처럼 덧없는 것으로,

그림자처럼 재빠르고, 꿈처럼 짧은 것으로,

한 번 번쩍으로 하늘과 땅 모두 드러내고선

'저것 봐' 한 마디 말할 틈도 없이

어둠의 아가리가 이내 삼켜버리듯

어둔 밤 번개처럼 일순간의 것으로 만들어버려.　　　　145

이렇게 밝은 것도 순간 어둠의 것이 되고 말지.

허미아　참다운 사랑이란 좌절하기 마련이라면,

그건 바로 운명이고 숙명이겠지.

그럼 시련에 인내를 가르쳐야겠네.

왜냐면 가련한 사랑엔 늘　　　　150

상념, 망상, 한숨, 소망, 눈물이 따라다니듯

사랑은 습관처럼 좌절을 겪으니까.

라이샌더　맞아, 그래. 그래서 말인데 잘 들어봐.

미망인이 된 과부 이모가 한 분 계셔.

재산은 많은데 자식이 없어.　　　　155

아테네에서 이모 집까지 꽤 멀기도 해.

그런데 나를 마치 친아들처럼 여기셔.

허미아, 난 거기서 너와 결혼할까 해.

거기까지 그 가혹한 아테네 법이

쫓아오지는 못할 거야. 날 사랑한다면　　　　160

내일 밤 네 아버지 집을 몰래 빠져나와

전에 오월제 아침 의식[5] 치르려고

---

5. 오월제는 보통 5월 1일 열리는 봄의 축제로 젊은이들이 아침 일찍 일어나 산이나 들
　에서 꽃을 따와 집안을 꾸미거나 장대에 장식하여 그 주위를 돌면서 춤을 추는 풍습
　이 있다.

헬레나와 함께 만났던 그 숲 말야,

시내에서 십리쯤 떨어진

165   그 숲에서 기다릴게.

허미아   그래, 라이샌더.

큐피드의 최고로 강한 활과,

황금 촉이 달린 최상의 화살과,[6]

비너스여신 비둘기의[7] 순수함과,

영혼을 맺어주고 사랑을 꽃피워주는 것들과,

170   믿지 못할 트로이 남자가 배 타고 떠나는 걸 본

카르타고의 여왕이 타죽어 버린 불길과,[8]

지금껏 여자들이 말한 숫자보다 더 많은

남자들이 깨뜨린 모든 맹세에 대고,

당연히 약속할게.

175   아까 말한 그 곳에서

내일 확실히 만나기로 말야.

라이샌더 내 사랑, 꼭 약속 지켜줘. 저기 봐, 헬레나야.

헬레나 등장

6. 큐피드에게는 두 가지 화살이 있는데, 촉이 금으로 돼있는 것은 사랑을 일으키고 납
   으로 돼있는 것은 미움을 일으킨다.
7. 비둘기는 비너스 여신의 마차를 끄는 신성한 새로 알려져 있다.
8. 트로이 전쟁에서 패한 트로이의 아이네이스는 트로이를 떠나 제 2의 트로이를 건설
   하라는 신탁을 받고 항해를 하던 중 북아프리카의 카르타고에 도착해서 카르타고의
   여왕 다이도와 사랑에 빠진다. 그러나 신탁을 이루기 위해 밤에 몰래 카르타고를 떠
   나는 아이네이스를 본 다이도는 슬픔에 못 이겨 불기둥에 몸을 던져 죽는다.

허미아 예쁜이 헬레나, 안녕! 근데 어딜 가는 거야?

헬레나 날 예쁘다고 했니? 그 예쁘단 말 취소해줘.

드미트리어스는 네가 예뻐서 좋아하잖니. 예뻐서 좋겠다!   180

네 두 눈은 북두칠성, 네 혀는 달콤한 노래,

밀이 푸르게 익고, 산사나무에 꽃필 때,

목동 귀에 종달새보다 더 곱게 들리는 노래!

병은 옮는다는데, 예쁜 얼굴도 그렇다면,

예쁜 허미아, 가기 전에 그게 나한테 옮겼음 좋겠다.   185

내 귀는 네 목소리를 옮고, 내 눈은 네 눈을,

내 혀는 네 혀의 달콤한 노래를 옮고 싶어.

이 세상이 전부 내 거라면, 드미트리어스만 빼고,

나머진 다 네게로 옮겨줄게.

제발 가르쳐 줘. 예뻐 보이는 방법과   190

드미트리어스 마음을 휘어잡는 기술을 말야.

허미아 아무리 찌푸려도 그저 좋다고만 해.

헬레나 이런, 네 찌푸림이 내 미소에게 그런 기술 가르쳐줬음.

허미아 대따 욕설을 퍼부어대도, 돌아오는 건 사랑고백이야.

헬레나 이런, 내 기도가 그 사람 사랑을 움직여줬음.   195

허미아 미워하면 할수록 날 더 따라다녀.

헬레나 사랑하면 할수록 날 더 미워해.

허미아 헬레나, 그 사람이 이상한 건 내 잘못이 아냐.

헬레나 네 미모 잘못이지. 그 잘못이란 게 내 거라면!

허미아 안심해. 그 사람 다시는 내 얼굴 못 볼 거야.   200

라이샌더와 난 이제 떠날 거거든.

라이샌더를 만나기 전엔

아테네가 낙원처럼 보였었지.

그런데, 내 사랑에 어떤 마법이 걸렸는지,

205   이 이는 낙원을 지옥으로 바꿔버렸단다.

라이샌더   헬레나, 우리 생각을 알려줄게.

내일 밤, 달의 여신 피비가[9]

풀잎에 진주이슬 맺으면서

거울 같은 연못에 자기 은빛 얼굴 비춰볼 때,

210   연인들이 남몰래 도망치기 좋은 바로 그 시간,

아테네 성문을 빠져 나갈 계획이야.

허미아   그리고 종종 너와 내가 은은한 향기

풍기는 앵초꽃밭에 누워

달콤한 속생각들 나누던 그 숲에서

215   라이샌더와 만나기로 했어.

그리고선 아테네에서 눈을 돌려

새 친구들과 낯선 이들을 찾아볼 거야.

안녕, 내 소꿉친구, 우릴 위해 기도해주렴.

그리고 드미트리어스를 차지하는 행운이 깃들길.

220   라이샌더, 약속 지켜. 내일 한밤중까지 서로 못 봐.

우리 눈들이 사랑의 식사를 못하고 굶주려야 하는 거야.

라이샌더   그래, 허미아, 걱정 마.   [허미아 퇴장]

---

9. 달의 여신으로 다이애나로 불리기도 한다.

잘 가, 헬레나.

너처럼 드미트리어스도 널 좋아했으면 해.

라이샌더 퇴장

헬레나 누구는 누구보다 얼마나 더 행복할까!

아테네 사람들은 날 저 애만큼 예쁘다고 하는데.　　　　225

그럼 뭐해! 드미트리어스는 그렇게 생각 안하는데.

모두가 다 아는 걸 자기만 모르는 셈이야.

그 사람 허미아 두 눈에 홀딱 빠져 있듯

나도 그 사람 멋진 모습에 홀딱 빠져 있어.

사랑이란 저급하고 천한 것들도 관계없이　　　　230

멋지고 가치 있는 것으로 바꿔놓는 법!

사랑은 눈이 아니라 마음으로 보는 것.

그래서 날개달린 큐피드는 장님이야.

그 사랑 신은 분별력이 눈곱만큼도 없어.

날개는 있어도 눈이 없으니 늘 제멋대로지.　　　　235

그러니 사랑의 신은 종종 엉뚱한 사랑을 선택하고

그래서 어린아이일 수밖에 없어.

장난꾸러기 애들이 재미로 맹세하듯,

어린 애 신은 어디서나 거짓맹세야.

드미트리어스가 허미아 눈을 보기 전엔　　　　240

자긴 온통 내 것이라 우박처럼 맹세를 퍼붓다가,

그놈의 우박이 허미아 열기를 느끼자마자

소나기 같은 맹세도 스르르 녹아버리더군.

허미아가 도망간단 이야기를 해줘야지.

245 그러면 내일 밤 그 숲으로 따라가겠지. 알려준 대가로

고맙다는 말이라도 듣는다면, 그건 정말 값비싼 아픔!

숲으로 달려가는 그이 모습을 보는 건

내 아픔을 키우는 일이니까.

2장

목수 퀸스, 가구장이 스너그, 직조공 바틈, 풀무수선공 플루트,
땜장이 스나우트, 재단사 스타블링 등장

퀸스 다들 모였나?

바틈 명단에 나오는 대로 이름을 한꺼번에 각자 한 사람씩[10] 불러봐.

퀸스 공작님 결혼식 날 밤 공작님과 공작부인 앞에서 연극 한 편 하려
는데 아테네를 통틀어 이 연극에 가장 적합할 것 같은 사람들 명
단이 여기 있네.   5

바틈 피터 퀸스, 우선 그 연극 내용이 뭔지 말해줘야지. 그러고 나서
배우들 이름을 불러봐. 그런 식으로 나가야지.

퀸스 좋아, 우리 연극은 '피라머스와 띠스비의 세상에서 가장 슬픈 코
미디, 세상에서 가장 잔인한 죽음'이야.[11]

바틈 아주 멋진 작품이군. 게다가 내용도 유쾌해 보이고. 자 자 피터   10
퀸스, 명단에 적힌 배우들 이름을 불러봐. 여보게들 널찍널찍 앉
도록 해.

퀸스 부르면 대답들 하게나. 직조공 닉 바틈?

바틈 여기. 먼저 내 역할이 뭔지 말하고 계속해.

---

10. 한꺼번에와 각자 한사람씩은 앞뒤가 안 맞는 말로 바틈은 이런 말실수를 반복하면
서 무식함을 드러낸다. 이러한 무식함은 앞으로 계속 된다.

11. 슬픈이라는 말과 코미디라는 말을 함께 씀으로써 이들의 무식함을 드러내준다.

15 **퀸스** 바틈, 자넨 말야, 피라머스로 정해졌네.

바틈 피라머스는 뭐하는 작자야? 연인인가 폭군인가?

퀸스 사랑 때문에 장렬히 자살하는 연인이지.

바틈 잘만 하면 눈물깨나 쏟게 만들겠는데. 관객들은 눈 상하지 않게
조심해야 할 거야. 난 폭풍을 일으키고, 슬픔에 빠지게 할 거거
20 든. 그 다음―근데 내 체질에는 폭군 역할도 잘 맞아. 헤라클레스
를 멋들어지게 하거나, 사납게 고함치고, 모든 걸 산산조각 내버
리는 역할도 할 수 있지.

　　　　분노의 바위뭉치

　　　　진격의 주먹뭉치

25 　　　　감방의 열쇠뭉치

　　　　한 방에 날려버리고,

　　　　그 담엔, 태양신 태운 마차

　　　　태양빛은 멀리서 차차차.

　　　　다 때려 부셔라 으라차차

30 　　　　바보 멍청이 운명의 여신들을.

끝내주는군. 자 이제 다른 이름들을 불러봐. 이건 헤라클레스, 폭
군 말투고, 연인은 더 애잔해야지.

퀸스 풀무수선공 프란시스 플루트.

플루트 여기요, 퀸스 씨.

35 **퀸스** 자네는 띠스비 역일세.

플루트 띠스비가 누구예요? 방랑의 기사님인가요?

퀸스 피라머스가 사랑하는 여자야.

플루트 아니 이런, 나보고 여잘 하라니요. 난 이미 수염이 나고 있는데요.

퀸스 상관없어. 가면 쓸 거거든. 게다가 목소리는 가장 작게 내도 돼.

바틈 얼굴 가릴 수만 있다면, 띠스비도 내가 할게. 목소리는 엄청나게 40
작게 내보지. "띠스비잉, 띠스비잉"—"오 오 내 사랑, 피라머스,
당신의 어여쁜 띠스비, 당신의 어여쁜 여자랍니다."

퀸스 안 돼. 자넨 피라머스 역이나 해. 플루트, 자네가 띠스비야.

바틈 그럼, 알아서 해.

퀸스 재단사 로빈 스타블링. 45

스타블링 저요, 퀸스 씨.

퀸스 로빈 스타블링, 자넨 띠스비 엄마 역이야. 땜장이 톰 스나우트.

스나우트 네, 퀸스 씨.

퀸스 자네는 피라머스 아버지야. 난 띠스비 아버지고. 가구장이 스너
그, 자네는 사자 역할. 이제 다 마무리 된 셈이군. 50

스너그 사자도 대본이 있나요? 부탁인데, 있음 좀 줘 봐요. 전 대사 외우
는데 통 재주가 없어서요.

퀸스 그냥 즉흥적으로 하면 돼. 으르렁 대는 것뿐이니까.

바틈 사자도 내가 하지. 어떤 사람 마음도 시원하게 뻥 뚫릴 만큼 으르
렁대 볼 테니까. 공작님께서 "저 녀석 한 번 더 으르렁대게 해봐, 55
한 번 더 으르렁대게 해보란 말야"라고 하실 만큼 말일세.

퀸스 자네가 너무 무섭게 사자 역할하면 공작부인님과 귀부인들이 겁
에 질려 벌벌 떨게 될 거야. 그렇게 되면, 우린 영락없이 교수형
이야.

모두 그래요. 너나 할 것 없이 우리 모두 교수형 감에요. 60

바틈   정신 줄 홀라당 빠지게 귀부인들 겁나게 하면, 그 분들 확실히 우
      릴 교수형에 처할 거야. 그래도 난 내 목소리를 더 크게 내면서
      젖 빠는 비둘기 새끼처럼 부드럽게 으르렁댈 거야. 종달새처럼
      으르렁 으르렁 말야.

65 **퀸스**   자넨 오로지 피라머스야. 왜냐면, 피라머스는 미남에다 여름 날
      마주칠 만한 멋쟁이, 사랑스런 신사 같은 남자거든. 그러니 자넨
      피라머스 역이 딱이야.

바틈   좋아, 내가 맡지. 피라머스 역엔 어떤 수염이 제일 잘 어울릴까?

퀸스   뭐, 자네 맘대로 해.

70 **바틈**   좋아, 지푸라기 색 수염이나, 오렌지 빛깔 황갈색 수염이나, 진한
      주홍빛 수염이나, 프랑스 금화처럼 샛노란 수염 달아볼까 하네.

퀸스   프랑스병 매독 말야,[12] 그 병에 걸리면 프랑스 금화처럼 대머리가
      된다더군. 그러니까 수염 달면 안 돼. 아무튼 여보게들, 이게 각
      자 역할일세. 부탁컨대, 요청컨대, 바라건대, 내일 밤까지 다 외
75   워오도록 해. 그리고 달 뜰 때 마을에서 오리쯤 떨어진 궁정 숲에
      서 만나 연습하기로 하지. 마을에서 연습하면 사람들이 똥개처럼
      우릴 쫓아다니고 우리 계획이 들통 날 것 같아서 말야. 난 연극에
      필요한 소품 목록을 만들어 보겠어. 제발 약속 잘 지키도록 해.

바틈   거기서 보자구. 거기서 가장 은밀하게, 가장 용감하게 연습하자
80   구. 다들 수고! 대본 확실히 외워 와. 잘 가게.

---

12. 프랑스라는 말에서 프랑스병이라 불렸던 매독을 연상한다. 16세기 셰익스피어 시
   대 지리상의 발견으로 유럽에 매독이 유입됐는데 치료약으로 수은을 주로 썼고 수
   은 중독 증상으로 머리가 빠지는 일이 많았다고 한다.

퀸스 공작님 참나무 숲에서 보자구.

바틈 좋아. 약속 지켜. 아니면 우린 끝이야.

2막

1장

한쪽 문으로 요정, 다른 쪽 문으로 퍼크 등장

퍼크　안녕, 요정. 어딜 쏘다니는 거야?

요정　　언덕 넘어, 계곡 넘어,

　　　　수풀 지나, 덤불 지나,

　　　　사냥터 너머, 담장 너머,

5　　　　물을 지나, 불을 지나

　　　　달님보다 더 빨리

　　　　나는야 어디든 가지.

　　　　풀밭 위 요정여왕님 놀던

　　　　둥근 자리에 이슬도 뿌려드려.

10　　　키 큰 앵초풀은 여왕님 호위병,

　　　　금빛 외투 잎사귀 박힌 점들은―

　　　　여왕님이 하사한 루비,

　　　　그 반점들에는 향기 가득.

　　　난 여기저기 이슬방울 찾으러 가야해.

15　　앵초풀 귀에 진주방울 달아줘야 하거든.

　　　잘 가, 시골뜨기 요정아. 나도 갈 거야.

　　　여왕님과 요정들이 곧 이리 오실거야.

퍼크　요정의 왕께서도 오늘밤 이곳에서 잔치를 베푸신다.

여왕님께서 눈에 띄지 않도록 조심하셔야 할 걸.

오베론 왕께서 지금 무지 화가 나있어.   20

인도 왕에게서 훔쳐온 그 예쁜 소년을 여왕님께서

시종으로 데리고 있어서 말야.

여왕님껜 너무나도 사랑스런 아이지만

질투심 많은 오베론 왕은 그 아이를

거친 숲속 동행할 수행기사로 삼으려 했지.   25

그런데 여왕님은 그 아이를 부득불 잡아두고선

머리에 화관을 씌워주는 등 그저 애지중지야.

숲이나 풀밭이나 맑은 샘물가든 별빛 총총 밝은 밤이든,

만나기만 하면 두 분 한바탕 하실 걸. 그러면 요정들은

겁에 질려 도토리 꼭지 속으로 숨게 된단다.   30

요정   네 생김새를 착각한 게 아니라면

넌 바로 말썽꾸러기 문제아 요정

로빈 굿펠로우란[13] 놈이지? 네 놈이 바로

마을 처녀들을 겁주고, 우유를 굳게 하고,

때로는 맷돌에 장난쳐 아낙네들 힘든 하루 일을   35

엉망으로 만들고, 때로는 누룩에 장난쳐

맥주를 망쳐버리고, 밤길 길손들을 엉뚱한 곳으로

낄낄대며 끌고 다니는 바로 그 녀석이지?

널 꼬마도깨비니, 친절한 퍼크니 부르는 사람들에겐

---

13. 당시 민담에서 무뢰한으로 알려진 도깨비 류의 요정으로 보통 퍼크라고 불리지만
   본 이름은 로빈 굿펠로우이다.

40	몰래 도움도 주고 행운도 가져다준다는,
	바로 그 녀석 맞지?

퍼크   그래 맞아.

내가 바로 그 유쾌한 밤의 방랑자야.

잘 먹어 뚱뚱해진 말로 변장하고선

암망아지처럼 히히힝 울어대며

45 익살을 부려 오베론 왕을 웃게 만들지.

구운 능금으로 변신해서

입이 건 아낙네 사발 속에 숨어 있다가

마시려는 순간 입술을 툭 쳐서

축 늘어진 턱주가리에 맥주를 쏟게 만들기도 해.

50 눈치백단 노파가 세상에서 제일 슬픈 이야기를 하면서

날 세발 다리 의자로 착각하고 앉으려 할 때

내가 쑥 빠져버리면 뒤로 벌러덩 넘어지면서

"어이쿠야" 소리치고 기침을 콜록콜록해대지.

그러면 사람들이 다 엉덩이 붙잡고 웃어재낀단다.

55 웃음보를 터뜨리면서 재채기를 해대고, 이것보다

재밌는 일은 지금껏 없었노라 하지.

자 자, 요정아 이제 비껴라. 오베론 왕께서 납신다.

요정 여왕님께서도 납셨어. 왕께서 그냥 가 줬으면!

한 쪽 문으로 시종요정들과 함께 요정의 왕 오베론 등장
다른 문으로 시녀요정들과 함께 요정의 여왕 티타니아 등장

오베론 달밤의 조우라, 오만한 티타니아!

티타니아 흥, 질투장이 오베론! 요정들아 물러가자.   60

난 이제 이 이와 잠자리도 하지 않기로 했어.

오베론 멈춰, 이 못된 여자야. 난 네 남편이 아닌가?

티타니아 그렇다면 난 당신의 부인이겠지. 그런데

당신이 요정의 나라를 몰래 빠져나가

목동으로 변장해서 매혹적인 목동 처녀에게   65

하루 종일 보리피리도 불어주고

연애시도 써주던 일 난 다 알고 있지.

인도 저 먼 끝에서 이리 온 이유가 뭘까?

그건 필시 장화신은 정부, 당신의 전사 애인,

저 용맹한 아마존의 여왕이 테세우스와   70

결혼하게 되니까 그 자들 첫날밤에

부귀영화 축복해주려는 거겠지.

오베론 티타니아, 어떻게 그런 말을! 히폴리타를 끌어들여

내 얼굴에 먹칠하려들다니 창피한 줄 알아.

당신과 테세우스 관계 내가 다 알고 있는 걸 알면서 말야.   75

그 자가 강간한 페리게니아[14]에게서 희미한 밤중에

몰래 도망치게 한 것도 당신 짓이었지.

게다가 그 자가 미모의 요정 에이글레스, 아리아드네,

안티오파[15]와 사랑의 서약을 깨게 만든 자도 당신이야.

---

14. 테세우스가 죽인 산적 시니스의 딸로 강간당해 테세우스의 아이를 갖게 된다.

15. 에이글레스는 테세우스가 사랑에 빠졌던 미모의 요정으로, 테세우스는 후에 이 요

티타니아 그건 다 당신 질투심이 꾸며낸 거짓말이야.

한여름 이후 우리가 언덕이나 골짜기, 숲,

풀밭, 자갈밭 샘터, 골풀 우거진 시냇가나

해변에서 만나 산들바람에 맞춰 원무라도 출라치면

당신은 시비를 걸어 흥을 다 깨버리곤 했지.

85 그래서 "피리를 불어도 춤추지 않는다"는 말처럼

바람이 복수라도 하듯 바다에서 독한 안개를

잔뜩 뿜었다가 땅위에 떨구자

하찮은 강물조차 오만하게 부풀어 올라

강둑을 넘쳐흐르더군.

90 그러다보니 황소도 헛되이 멍에를 끌고,

농부는 진땀만 흘리고, 파란 곡식은

알곡을 맺기도 전 썩어버렸지.

들판은 물에 잠긴 채 외양간은 텅 비고,

까마귀들은 병든 가축 시체로 살찌우고,

95 벽돌치기 놀이터엔 진흙만 가득, 무성한 풀밭 위

미로처럼 정교하게 그어놓은 놀이 선들은

아무도 찾지 않아 흔적조차 사라져버렸어.

인간들은 겨울철 생기를 잃어 밤이 되도

정 때문에 아리아드네를 버리게 된다. 아리아드네는 크레타의 왕 미노스의 딸로 테세우스가 크레타의 미궁을 빠져나갈 때 도움을 주고 함께 달아나지만 요정 에이글레스 때문에 버림을 받게 된다. 안티오파는 또 다른 아마존의 여왕으로 테세우스와의 사이에 아들 히폴리투스를 두게 되지만 테세우스는 안티오파를 버리고 패드라와 결혼하게 된다.

축복의 찬송가나 캐롤 소리 듣지 못해.[16]

조수를 관장하는 달님도   100

분노로 창백해져 온 대기를 적시니

여지저기 온통 감기 환자들뿐이야.

이렇게 기후가 엉망진창이다 보니

계절은 뒤죽박죽. 백발같은 서리가

갓 핀 진홍빛 장미꽃잎에 내려앉고,   105

향기로운 여름철 꽃봉오리 화관이 조롱하듯

늙은 동장군 얇고 시린 머리에 얹혀 있지.

봄, 여름, 결실의 가을, 매서운 겨울이 철 바뀐

옷을 입자 당황한 세상은 계절의 소산만 갖고선

어느 계절인지 분간을 못하게 됐어.   110

이런 재앙들은 필시 우리 사이의 언쟁,

불화의 소산인 게 분명해.

다 우리 때문, 우리가 원흉이야.

오베론 그러니 마음을 고쳐먹어. 다 당신 때문이니까.

어찌하여 감히 티타니아가 오베론을 거역하지?   115

난 그저 그 업둥이 애를

내 시동으로 달라고 했을 뿐이야.

티타니아   그 따위 생각은 버려.

요정의 나라를 다 준대도 그 애와 못 바꿔.

---

16. 세상이 이렇게 황량해지자 사람들은 성탄절이 주는 겨울의 즐거움을 느끼지 못하
게 된다.

그 애 엄마는 나에게 충성을 맹세한 여자였어.
120 한밤중 인도의 향신료 향기 함께 맡으며
종종 내 곁에서 함께 수다를 떨기도 하고,
바닷가 황금빛 모래바닥에 앉아
조류 때 맞춰 떠나는 무역선을 가리키며
돛이 음탕한 바람 받아 마치 임신이라도 한 듯
125 배불뚝이 된 모습 바라보며 깔깔대기도 했지.
그녀는 그 아이를 배고 있었는데, 미끄러지듯 잰걸음으로
그 배를 따라가며 흉내도 내고, 육지 위를 항해하듯
달려가 자그마한 것들 주워다 주곤 했지.
마치 무역선이 물건 가득 싣고 돌아오듯 말야.
130 그런데 인간인지라 그 애를 낳다가 하늘나라로 가버렸어.
그래서 그널 위해 그 애를 키우기로 한 거야.
그래서 그널 위해 그 애와 떨어질 수 없다는 거야.
오베론 이 숲에는 얼마나 더 머무를 생각이야?
티타니아 아마도, 테세우스 결혼식 때까지.
135 당신이 꾹 참고 우리와 함께 원무를 추고
우리 달빛 잔치를 보겠다면, 함께 가도 좋아.
아니면, 가버리든가. 나도 떨어져 있어줄 테니.
오베론 그 아이를 내게 넘겨. 그럼 함께 가주지.
티타니아 요정나라 다 준대도 안 돼. 요정들아, 가자꾸나.
140 여기 더 있다가는 싸울 일밖엔 없겠다.

오베론 좋아 잘들 가시게. 당신이 이 숲을 벗어나기 전

이 모욕에 대한 대가로 골탕 좀 먹여주겠어.

착한 퍼크야, 이리 와 보렴. 너 기억나니?

전에 내가 바닷가 언덕에 앉아 있다가

어떤 인어아가씨가 돌고래 등에 올라타   145

감미롭고 아름다운 노래를 부르자

날뛰던 바다도 양순해지고

별들도 그 인어아가씨 노래를 들으려고

미친 듯 자리 박차고 뛰어나가던 것을 말야.

퍼크   기억하고말고요.

오베론 넌 못 봤겠지만, 난 그 때 활을 든 큐피드가   150

차가운 달님과 지구 사이를 날아가는 걸 보았지.

서쪽 권좌에 앉아있던 처녀왕을[17]

겨누더니 활을 당겨

마치 십만의 심장을 뚫기라도 하듯

재빠르게 사랑의 화살을 쏘더군.   155

하지만 큐피드의 불화살은 물을 머금은

달의 여신 그 순결한 달빛 속에서 꺼져버렸지.

그 처녀왕은 사랑에 무관심한 채 여전히

---

17. 서쪽 권좌의 처녀왕이라는 표현은 셰익스피어 시대 평생을 독신으로 보낸 엘리자
    베스 여왕을 지칭하는 말로 자주 쓰였다.

처녀다운 명상을 계속하고 있더구나.

160 그런데 난 큐피드의 화살이 떨어진 곳을 지켜보고 있었다.

서쪽 나라 작은 꽃에 떨어졌는데, 원래 우윳빛 흰색이었다가

지금은 사랑의 상처로 붉게 변한 꽃이야.

마을 처녀들은 게으른 사랑 꽃이라고 부른다더군.

전에 한 번 보여준 적 있지? 그 꽃을 가져와.

165 잠든 눈꺼풀에 그 꽃즙을 뿌리면

남자든 여자든 눈을 떠 처음 보게 되는 것과

이내 격렬한 사랑에 빠지게 된단다.

그 꽃을 가져오너라. 고래가 십리를

헤엄쳐 가기 전까지는 돌아와야 해.

170 **퍼크** 저는 사십 분 안에 지구에 허리띠 한 바퀴

둘러줄 수 있답니다.   [퇴장]

오베론   그 꽃즙을 가져오면

티타니아가 잠들 때를 기다렸다

눈에 그걸 한 방울 떨어뜨리겠어.

그래서 눈을 떠 처음 보게 되는 것에—

175 그게 사자든, 곰이든, 늑대든, 황소든,

오지랖 넓은 원숭이든, 수선스런 잔나비든—

일편단심 사랑을 애걸복걸하게 될 거야.

티타니아 눈에서 이 마법을 풀어주기 전까지—

그건 또 다른 꽃으로 할 수 있으니까—

180 시동 아이를 내게 양보하도록 만들겠어.

아니, 누구지? 난 사람 눈에 보이지 않으니

저자들이 하는 말을 엿들어나 보자.

드미트리어스와 그 뒤를 따라 헬레나 등장

드미트리어스 난 네가 싫어. 그러니 제발 그만 졸졸 따라다녀.

라이샌더는 도대체 어디 있는 거야? 이쁜이 허미아는?

한 쪽은 내가 죽여 버릴 거고, 다른 한 쪽은 나를 죽이는군.　　　185

게네들이 이 숲으로 도망쳤다했지?

그래서 이리 오긴 했는데, 허미아를 볼 수 없으니

숲에서 수틀리게 생겼군.

암튼, 넌 제발 가세요. 날 그만 좀 따라다니란 말야.

헬레나 당신이 날 끌어당기는 걸 어떡해! 초강력 자석처럼 말야.　　　190

그런데 당신이 끌어당기는 것은 쇠가 아니라

철석같은 내 마음이야. 당신이 끄는 힘을 놓아버리면

나도 따라갈 힘을 잃게 될 거야.

드미트리어스 내가 애원이라도 하니? 살가운 말이라도 건네?

아니 오히려 분명히 말하지만,　　　195

난 널 사랑하지도 사랑할 수도 없어.

헬레나 그래서 난 당신을 더 사랑할 수밖에 없어.

난 당신 똥개야. 드미트리어스,

당신이 내게 발길질 할수록, 당신에게 더 꼬리칠 수밖에.

날 똥개 취급해도 돼. 날 걷어차, 날 때려.　　　200

날 업신여기고 갖다 버려. 대신, 그럴 가치도 없겠지만,

당신 뒤따라 다니게만 허락해줘.

당신에게 똥개 취급 받는 것보다

내가 뭘 더 바라겠어?

205 그것도 감지덕지지.

드미트리어스 널 싫어하는 맘을 더 부추기지 마.

네 얼굴만 봐도 속이 울렁거려.

헬레나 난 당신 얼굴 못 보면 울렁거려.

드미트리어스 넌 정숙하다는 게 뭔지 모르는 여자 같아.

210 마을을 떠나 널 싫어하는

남자 손에 자신을 맡기고 있잖아.

네 값비싼 정조를 인적 없는 곳 야밤을 틈 탄

사악한 꾐에 내던진 채 말야.

헬레나 당신은 착한 사람이야. 당신을 믿어.

215 당신 얼굴만 볼 수 있음 그건 밤이 아니야.

그러니 난 어둠 속에 있다고 생각지 않아.

게다가 이 숲은 인적 없는 곳이 아니야.

왜냐면, 내 마음엔, 당신이 온 세상이니까.

내 모든 세상이 내 앞에 있는데

220 내가 어떻게 혼자라는 생각이 들겠어?

드미트리어스 도망이라도 쳐야겠군. 덤불숲에 숨어

당신을 들짐승들 손에 맡길 수밖에 없어.

헬레나 아무리 무서운 들짐승도 당신만큼은 아닐 거야.

도망치고 싶으면 그렇게 해. 이야기는 달라질 걸.

아폴로는 도망치고, 다프네가 그 뒤를 쫓고,[18]   225

비둘기는 독수리괴물을[19] 쫓고, 온순한 사슴은

호랑이를 잡으려 냅다 뛰어간다고—허망한 달리기,

강심장이 도망치고 겁쟁이가 뒤쫓다니!

드미트리어스 말 같지 않은 말엔 신경 안 써. 난 가겠어.

날 계속 쫓아온다면, 숲속에서 네게   230

어떤 못된 짓 할지 나도 장담 못해.

헬레나 신전에서도, 마을에서도, 들판에서도

나에게 늘 못된 짓만 했잖아. 드미트리어스,

그런 행동은 여성 모두에 대한 모욕이야.

여자들은 남자들처럼 대놓고 먼저 사랑한다 말 못해.   235

여자는 구애를 받지, 구애하는 입장이 아니야.

[드미트리어스 퇴장]

계속 따라갈 거야. 내가 사랑하는 사람 손에

죽는다면 그건 지옥이 아니라 천국이야!   [퇴장]

오베론 잘 가거라, 요정 같은 아가씨. 그 놈이 이 숲을 빠져나가기 전

도망치는 건 네가 되고, 네 사랑을 쫓는 건 그 놈이 될 거다.   240

[퍼크 등장]

떠돌이 친구, 그 꽃을 가져왔느냐?

퍼크 네 여기 있습니다.

---

18. 그리스 신화에서 소심한 요정 다프네는 태양의 신 아폴로에게 쫓기다 강간을 당할
    게 두려워 월계수나무로 변신하였다고 한다.
19. 독수리 머리와 사자의 몸을 가진 전설 속의 포악한 괴물

오베론	자 이리 줘봐라.

야생백리향이 우거진 언덕을 알고 있지.

거긴 앵초풀과 고개 숙인 제비꽃들도 자라고 있다.

245 온통 우거진 담쟁이덩굴로 지붕이 쳐진 듯 하고,

달콤한 사향장미, 들장미도 가득 하다.

밤이면 티타니아는 그곳에서 꽃들이 즐거이

춤추며 노래하는 자장가를 들으며 잠을 잔다.

그리고 거기서 뱀들은 은빛 허물을 벗는데

250 요정 하나가 입을 만큼 큰 옷이야.

이 꽃즙을 티타니아 눈에 발라

끔찍한 환상에 사로잡히게 해야겠다.

너도 이 걸 좀 가져가. 이 숲을 샅샅이 뒤져

못돼먹은 청년에 빠져 있는 어여쁜 아테네 처녀를 찾아라.

255 그 놈 눈에 이걸 바르는데, 조심할 건, 눈을 떠

처음 보게 될 사람이 바로 그 처녀여야 한다는 거야.

그 녀석은 아테네 사람 복장을 하고 있어

바로 알아 볼 수 있을 거다.

그 아가씨가 그 녀석을 좋아하는 것보다

260 그 놈이 더 좋아하게 하도록 조심해야 한다.

그리고 첫 닭이 울기 전 돌아오도록.

퍼크 걱정 맙쇼, 주인님, 그렇게 하겠습니다.

퇴장

2장

시녀요정들과 함께 요정의 여왕 티타니아 등장

티타니아 자, 이제 원무를 추면서 요정의 노래 불러주렴.

그런 다음 일 분의 삼분의 일이 지나면 물러가도록 해.

몇몇은 사향장미 봉오리 속 자벌레를 잡아주고,

몇몇은 가서 박쥐와 싸워 가죽 날개로 꼬마요정들

외투 만들어주고, 몇몇은 우리 예쁜이 요정들이 궁금해   5

밤마다 부엉부엉 소란 떠는 부엉이를 조용히 시키도록.

자 이제 노래로 날 재워주렴.

그런 다음 각자 일들 보거라. 난 쉬어야겠다.

요정들 노래한다.

요정 1   갈라진 혓바닥 점박이 뱀들아,

가시뭉치 고슴도치야, 어서 숨어라.   10

도롱뇽, 도마뱀들아 해코지마라,

요정여왕님 근처 얼씬 마라.

합창   나이팅게일 새야,

달콤한 자장가 함께 부르자.

자장, 자장, 자장, 자장,   15

못된 짓도

주문이나 마법도

고운 여왕님 근처 얼씬 마라.

잘 자요, 자장, 자장.

20 **요정 1**　실 잣는 거미들아, 얼씬 마라.

다리 긴 거미들아, 물러서라.

검은 딱정벌레들아, 저리가라.

지렁이, 달팽이도 못된 짓 하지마라.

합창　나이팅게일 새야,

25　달콤한 자장가 함께 부르자.

자장, 자장, 자장, 자장,

못된 짓도

주문이나 마법도

고운 여왕님 근처 얼씬 마라.

30　잘 자요, 자장, 자장.

티타니아 잠든다.

요정 2 자 이제 가자. 다 잘됐어.

한 명은 떨어져 보초 서도록.

요정들 퇴장
오베론 등장. 티타니아 눈에 꽃즙을 바른다.

오베론 눈을 떠 그대가 보게 될 것,

그게 그대의 참사랑이 될 것.

그래서 사랑에 애타게 될 것. 35

살쾡이든, 고양이든, 곰이든,

표범이든, 억센 털 산돼지든,

그대 눈을 뜨면 눈앞에

그대 사랑으로 나타나리라.

흉측한 게 가까이 오면 눈을 뜨라. [퇴장] 40

라이샌더와 허미아 등장

라이샌더 당신, 숲에서 헤매느라 지쳐 보여.

솔직히 길을 잃은 것 같아.

허미아, 괜찮다면 여기서 좀 쉬어 가자.

날이 밝아 안심이 될 때까지 말야.

허미아 그래, 라이샌더. 당신은 당신 누울 곳 찾아봐. 45

난, 여기 언덕을 베고 누울 테니.

라이샌더 잔디 한 덩어리면 우리 둘 베개로 충분해.

한 마음, 한 침대, 두 가슴에 진심은 하나.

허미아 착하지, 라이샌더, 그건 아냐.

제발 저만큼 떨어져 누워. 가까이는 안 돼. 50

라이샌더 오 이런, 제발 내 순수한 마음을 알아줘.

사랑은 서로 대화를 나눌 때 의미가 있는 거야.

내 마음은 네 마음과 맺어져 있어

우린 한 마음이 될 수밖에 없다는 말이야.

55　　　하나의 맹세로 두 가슴이 묶여져

　　　　두 개의 가슴, 하나의 진실, 그런 거지.

　　　　그러니 곁에 눕는 것 싫다하지 마.

　　　　옆에 누우려 거짓말 하는 게 아냐.

허미아　라이샌더, 교묘하게 잘도 둘러대네.

60　　　자기 말을 같이 누어 자자는 말로 받아들였다면

　　　　그건 내 품행과 자존심을 욕되게 하는 거야.

　　　　그러니, 사랑과 예의 때문이라도 점잖게

　　　　제발 저만큼 떨어져 자도록 해.

　　　　정숙한 총각 처녀에게 어울린다 싶을 만큼

65　　　그만큼 거리를 두고 말야.

　　　　착하지? 그 정도 떨어져 자도록 해.

　　　　네 생명 다하도록 그 사랑 변치 않기를!

　　　　　　　　두 사람 모두 잠이 든다.
　　　　　　　　　퍼크 등장

퍼크　숲속을 다 뒤져봐도

　　　　아테네 청년을 찾을 수가 없네.

70　　　그 눈에 사랑을 일으키는

　　　　이 꽃의 힘을 시험해봐야 하는데.

　　　　조용한 이 밤중에―여기 누구지?

　　　　아테네 사람 복장이라,

　　　　주인님 말씀대로

아테네 처녀에게 못되게 군다는   75
바로 그 녀석이군.
그래서 여기 이 처녀는 습하고 더러운
바닥에서 곤히 잠들어 있는 거야.
불쌍한 것 같으니, 무정하고 예의도 없는
이 녀석 곁에 눕지도 못한 채 말야.   80
못된 놈, 이 마법의 힘을
네 놈 눈에 잔뜩 뿌려줄 테다.

                              [라이샌더 눈에 꽃즙을 발라준다.]

깨어나면, 네 눈꺼풀엔 잠 대신
사랑이 자리를 틀 거야.
그렇게, 내가 떠난 뒤 눈을 떠.   85
난 오베론님께 가야하니까.

드미트리어스와 헬레나 뛰어 등장

헬레나 사랑하는 드미트리어스, 날 죽여도 좋으니 제발 거기 서.
드미트리어스 명령이야, 저리 가. 날 그만 따라다녀.
헬레나 이 어둠 속에 날 내버릴 작정이야? 제발 그러지마.
드미트리어스 거기 멈춰. 안 그러면 위험해져. 난 혼자 갈 거야.   [퇴장] 90
헬레나 바보같이 쫓아다니느라 진이 다 빠졌어.
기도를 할수록 응답은 더 없어져.
어디 있든 허미아는 좋겠다.
축복받은 매혹적인 눈을 갖고 있으니까.

95   걔 눈은 어쩜 그리도 밝지? 짠 눈물 때문은 아냐.

        눈물은 난 그 애보다 훨씬 많이 흘리거든.

        아니야, 그건 아니야. 난 곰처럼 못생겼어.

        짐승들도 날 마주치면 겁이나 도망쳐.

        그러니 드미트리어스가 날 괴물 보듯

100   내빼는 것도 놀랄 일은 아니지.

        어떤 사악한 거짓말쟁이 거울이

        허미아 별 총총 눈과 내 눈을 비교해보라 했지?

        근데, 여기 누구야?─라이샌더가 땅바닥에?

        죽었나, 잠들었나? 피도 안보이고 상처도 없어.

105   라이샌더, 살아있음 눈을 떠봐요!

라이샌더 [눈을 뜨면서]

        아름다운 그댈 위해서라면 불구덩이라도 뛰어들겠어.

        맑고 투명한 헬레나, 자연은 네 가슴을 통해

        심장을 보게 해주는 기술을 가졌어.

        드미트리어스는 어딨지? 그 더러운 이름은

110   내 칼끝에서 하직하기 딱 좋은 이름이야.

헬레나 라이샌더, 그런 말 하지 마.

        그 사람이 허미아를 좋아한들 뭐 어때서? 뭐가 어때?

        허미아는 여전히 당신을 사랑하잖아. 그럼 다 된 거지.

라이샌더 다 된 거라고? 아니야, 난 지금

115   허미아와 보냈던 지루한 시간들을 후회하고 있어.

        내가 사랑하는 사람은 허미아가 아니라 헬레나야.

비둘기를 까마귀와[20] 바꿀 사람이 어딨어?

인간의 욕망은 이성이 좌지우지하는데,

그 이성이 네가 더 멋진 여자라 말해주고 있어.

자라는 것들은 때가 돼야 성숙하는 법,   120

그래서 난 어려 이성이 덜 성숙했었어.

그런데 분별력이 정점에 이르자

이성이 내 욕망의 안내자가 되어

나를 네 눈으로 이끄는군. 네 눈을 통해 가장 풍요로운

사랑 책에 담긴 사랑 이야기를 읽어나가지.   125

헬레나 이런 비참한 조롱을 받는 게 내 팔자인가?

내가 이런 멸시 받을 일을 했었나?

내가 드미트리어스에게서 따스한 눈길 한 번

받은 적 없고 받을 수도 없다는 것,

그걸로 충분하지 않나? 그렇지 않냐구?   130

그걸로 충분하지 않다고 날 놀리는 건가?

그런 경멸스런 표정으로 나를 사랑한다 하는 건,

정말이지, 정말 나쁜 짓이야.

하지만, 잘 가. 고백컨대 정말 당신을

진정한 신사 그 이상으로 생각했었어.   135

오 이런, 한 남자에게 거절당하더니

다른 남자에겐 모욕을 당하는군!   [퇴장]

라이샌더 헬레나는 허미아를 못 봤어. 넌 여기서 잠이나 자.

---

20. 허미아를 까마귀에 비교하는 이유는 허미아의 피부가 까무잡잡하기 때문이다.

제발 라이샌더 곁으로 오지 말고.

140 단 걸 잔뜩 과식하고 나면

위장이 극도로 거북해지는 것처럼,

혹은 사람들이 멀리하는 이단은

그것에 속은 사람들이 가장 증오하는 것처럼,

넌, 이제 내 과식이고 내 이단이고,

145 어느 누구보다도 내가 가장 싫어하는 사람이야.

이젠 진력을 다해 모든 사랑과 노력을

헬레나를 우러르고 헬레나의 기사가 되는데 쏟아 부으리.

허미아 [눈을 뜨며]

도와줘, 라이샌더, 제발 도와줘! 내 가슴에

기어가는 독사를 제발 좀 떼 내줘.

150 이런, 도대체 무슨 꿈이 이래?

라이샌더, 이것 봐. 내가 무서워 벌벌 떨고 있잖아.

독사가 내 심장을 파먹고 있는데도 넌 앉아서

잔인하게 덮치는 모습에 그저 빙그레 웃고만 있었어.

라이샌더, 뭐야, 여기 없네!

155 왜, 안 들려? 갔어? 아무 기척도 아무 말도 없이?

아이 참, 어디 있는 거야? 들리면 말을 해.

사랑한다면, 말을 해보라구! 무서워 죽을 것 같아.

없나? 그럼 이 근처에 없다는 건데.

죽었든 살았든 바로 찾으러 가야지.

[퇴장]

3막

1장

바틈, 퀸스, 스나우트, 스타블링, 스너그, 플루트 등장
티타니아는 무대 위에 계속 잠들어 있다.

바틈　다들 모였나?

퀸스　그럼, 시간 딱 맞춰. 여긴 연극연습하기에 정말 딱 좋은 곳이야.
이 풀밭은 무대, 이 산사나무 덤불은 분장실이 될 거고, 공작님
앞에서 하듯 어디 한 번 해보세.

5　**바틈**　피터 퀸스!

퀸스　왜 그러나, 내 친구 바틈?

바틈　이 피라머스와 띠스비 코미디에는[21] 유쾌하지 않은 점들이 있어.
먼저, 피라머스는 자살하려고 칼을 뽑아야하는데, 부인네들은 그
걸 참지 못할 거야. 어떻게 생각하나?

10　**스나우트**　그건 분명 위험천만한 일이죠.

스타블링　결국 그 자살 장면은 빼야 한다는 말인데요.

바틈　천만의 말씀! 내게 묘안이 있어. 머리말 하나 써주게. "이 칼로
뭐 해로운 짓 하려는 건 아니구요. 피라머스도 실제로 죽는 건 아
닙니다"라고 말야. 더 확실히 해두려면, "저 피라머스는 실제로
15　피라머스는 아니굽쇼, 직조공 바틈이지요"라고 하면 좋겠지. 이

---

21. 「피라머스와 띠스비」는 분명 비극인데 바틈은 이를 코미디라 하면서 무식함을 드
러내준다.

러면 부인네들이 그리 무서워하진 않을 거야.

퀸스 좋아, 그렇게 머리말 하나 써보지. 팔육조로 말야.

바틈 아니지, 둘을 더 늘려 팔팔조로 쓰라구.

스나우트 부인들이 사자는 무서워하지 않을까요?

스타블링 무서워 할 겁니다. 분명히요.   20

바틈 어이 친구들, 이 점 더 곰곰이 생각해봐야 해. 부인네들 가운데로
사자를 끌고 오는 건 정말 끔찍한 일이야. 네가 맡은 그 살아 있는
사자보다 더 무서운 들짐승은 없거든. 그 점 진짜 조심해야 하네.

스나우트 그럼 머리말 하나 더 써야겠네요. 그 친구는 사자가 아니라구요.

바틈 아니지, 자기 이름을 말해야지. 그리고 사자 목 밖으로 얼굴을 반   25
쯤 내밀고, 그렇게 해서 자 이러쿵저러쿵 둘러대는 거야. "숙녀
여러분, 아리따운 숙녀 여러분, 바라건대," 아니면 "요청컨대,"
아니면 "제발 간청 드리는데, 무서워마세요. 벌벌 떨지 마세요.
제 목숨 걸고 지켜드리지요. 절 사자라고 생각하신다면, 오 이런,
유감 중의 유감이지요. 아니지요, 전 절대 사자가 아닙지요. 다른   30
사람처럼 그냥 사람일 뿐에요"라고 말야. 그러고 나서 자기 이름
을 말하는 거야. 저는 가구장이 스너그일 뿐이라고 말야.

퀸스 좋아, 그렇게 하자구. 그런데 두 가지 골치 거리가 더 있어. 달빛
을 방으로 들여오는 건데, 왜냐면, 피라머스하고 띠스비는 달빛
아래서 만나거든.   35

스너그 연극하는 날 밤 달이 뜨나요?

바틈 달력, 달력 가져와봐! 달이 뜨는지 살펴봐, 잘 살펴보라구.

퀸스 됐어, 그날 밤 달이 뜨는군.

바틈 그러면 연극할 대연회실 창문을 활짝 열어놓으면 되겠네. 달빛이
40   창문으로 쏟아져 들어올 거 아냐.

퀸스 그렇지. 아니면 누가 가시덤불하고[22] 초롱불 들고 등장하면서, 자
기는 달빛이라는 인물을 할 건지 말건지 그러려고 왔다고 말하
는 거지. 그 다음 문제는 대연회실에 담장이 있어야해. 피라머스
하고 띠스비는 담장 구멍으로 속삭이거든.

45 **스나우트** 어떻게 담장을 들여와요? 바틈 씨?

바틈 누가 담장 역할을 해야지. 담장처럼 보이게 온몸에 회반죽, 점토,
자갈 같은 걸 잔뜩 붙이고 말야. 손가락은 이렇게 해서 구멍을 만
들고 거기로 피라머스와 띠스비가 속삭이게 하면 되지.

퀸스 그렇게만 되면 문제 끝이야. 자, 자, 이리 앉아서 각자 맡은 역들
50   연습해 보자구. 피라머스부터 시작해봐. 대사 다 끝내면 저 덤불
속으로 들어가도록. 모두 내 신호에 따라야 하네.

퍽 등장

퍽 웬 시골 촌놈들이 여왕님 잠자리 가까이서
소란을 피우고 있는 거야?
뭐라, 연극 연습 중이라고? 관객이나 돼볼까.
55   여차하면 배우가 돼줄 수도 있고.

퀸스 피라머스, 대사 시작! 띠스비, 등장!

바틈 [피라머스 역]

---

22. 서양 전설에는 달에 가시덤불을 짊어진 사람이 살고 있다고 한다.

띠스비, 그대는 향긋하게 악취 나는[23] 꽃다발이여 —

퀸스 향취야, 향취.

바틈 [피라머스 역]

— 달콤한 향취.

내 사랑 띠스비, 내 사랑 그대 숨결이 그렇다오.   60

아니, 무슨 소리가! 잠깐만 여기서 기다려요.

금방 돌아올 테니까.   [퇴장]

퍼크 듣도 보도 못한 이상한 피라머스 연기네.   [퇴장]

플루트 대사 시작해요?

퀸스 그럼, 시작해야지. 피라머스는 어떤 소리를 듣고 뭔지 알아보러 65
갔고 다시 돌아올 거라는 걸 잘 알고 있어야 해.

플루트 [띠스비 역]

찬란히 빛나는 피라머스, 백합꽃처럼 새하얀 빛깔,

찬란한 덤불 위 붉은 장미꽃 색체,

최고로 팔팔한 젊음, 최고로 사랑스런 젊음,

절대 지치지 않는 최고로 진실된 말처럼 진실된 분,   70

피라머스 당신을 니니 무덤가에서 기다릴게요 —

퀸스 이봐, '나이너스 무덤'이야! 아니, 그 대사는 아직 해선 안 돼. 그
건 피라머스에게 대답할 때 하는 거야. 내 신호니 뭐니 자넨 대사
를 한꺼번에 통으로 다해버리고 있잖나. 자 피라머스, 등장 — 내
신호를 놓쳤잖아. "절대 지치지 않는" 거기부터야.   75

플루트 아, 네

---

23. 바틈은 이런 식으로 계속 잘못된 어휘를 사용하면서 무식함을 드러내준다.

절대 지치지 않는 최고로 진실 된 말처럼 진실된 분.

퍼크와 당나귀 머리를 한 바틈 등장

바틈　[피라머스 역]

　　　내가 아무리 멋진 미남이래도, 띠스비, 난 그저 당신만의 것.

퀸스　으악, 괴물이다! 이상한 괴물이야! 귀신이야, 귀신! 도망쳐, 다들

80　　도망치라구! 살려줘요!

퀸스, 스너그, 플루트, 스나우트, 스타블링 퇴장

퍼크　한 번 따라 가볼까. 한 바퀴 뺑뺑이 좀 돌려줘야지.

　　　늪을 지나, 덤불지나, 숲을 넘어, 넝쿨 넘어,

　　　때로는 말, 때로는 사냥개,

　　　암퇘지, 목 없는 곰, 때로는 불기둥으로 변신해서,

85　　여기저기 나타나 말처럼 히이잉, 사냥개처럼 멍멍,

　　　암퇘지처럼 꿀꿀, 곰처럼 으르렁, 불기둥처럼 번쩍 해볼까.　[퇴장]

바틈　왜들 도망가는 거야? 날 겁 내키는 건 정말 나쁜 짓이야.

스나우트 등장

스나우트　오 이런, 바틈 씨, 괴물로 변했어. 머리가 그게 뭐에요?

바틈　뭐가 뭔데? 니 머리가 당나귀 대가리라도[24] 된 거 아냐, 안 그래?

---

24. 당나귀는 일반적으로 아둔하고 멍청한 사람을 비유하는데 쓰인다. 여기에서 바틈

스나우트 퇴장
퀸스 등장

퀸스　오 하나님, 바틈, 오 하나님! 자네 모습이 변했어.　　　　[퇴장]　90

바틈　진짜 못된 놈들이야. 작정하고 날 당나귀 바보로 만들고 겁주려
　　　는 군. 그래 네 놈들이 뭘 하든 내가 꿈쩍이라도 하는가 봐라. 난
　　　여기서 어슬렁거리면서 흥얼흥얼 노래나 부를 거야. 그러면 내가
　　　전혀 겁먹고 있지 않다는 걸 알겠지.

　　　　　[노래한다]
　　　　　숫지빠귀는 까매　　　　　　　　　　　　　　　　95
　　　　　부리는 주홍빛,
　　　　　개똥지빠귀는 크게 노래해.
　　　　　굴뚝새는 작게 노래해 －

티타니아　[깨어나면서]
　　　어떤 천사가 꽃침대에서 날 깨우는 거지?

바틈　[계속 노래한다]
　　　　　피리새, 참새, 종달새,　　　　　　　　　　　　　100
　　　　　잿빛 뻐꾸기는 음탕한 노래해.
　　　　　사내들 그 노래 다 알아도
　　　　　아니라고 말 못해.
　　　하긴 그렇지, 누가 그런 멍청이 새와 머리싸움 하려 하겠어? 그 새
　　　가 줄창 뻐꾹 대도 난 뻐꾹 당한 적 없어라고 말한들 누가 믿겠어?　105

　은 자신이 당나귀 모습을 하고서는 상대방을 멍청하다고 놀려댄다.

티타니아 인간 신사님, 제발 그 노래 한 번만 더 불러줘요.

제 귀가 당신 노래에 홀딱 반해버렸어요.

제 눈도 당신 모습에 빠져버렸답니다.

그리고 당신의 고고한 덕성이 갖고 있는 힘은

110   첫눈에 당신을 사랑합니다라고 맹세하게 하지요.

바틈 음, 글쎄요. 뭐 부인께서 이성을 잠깐 내려놓은 것 같습니다. 허나, 사실, 요즘 같은 세상에선 사랑과 이성이 함께 하는 경우가 드물단 말입니다. 더 안타까운 건, 정직한 이웃들도 이 둘을 친구로 만들어주지 않는다는 거지요. 이런 나도 때로는 농담을 할 줄

115   아는군요.

티타니아 잘생긴 만큼 똑똑하기도 하셔라.

바틈 둘 다 아니지요. 이 이상한 숲에서 빠져나갈 만큼 똑똑하기만 하다면, 더 바랄 게 없습니다.

티타니아 숲을 떠날 생각일랑 마세요.

120   원하든 원치 않던 여기 남아 있게 될 거에요.

전 그저 평범한 요정이 아니랍니다.

여름은 항상 나를 섬기고,

난 당신을 사랑하고 있어요. 그러니 함께 가요.

요정들이 당신을 모시도록 하지요.

125   그 애들은 깊은 바다 보물들을 가져다 줄 거고,

당신이 꽃밭에서 잠자는 동안 노래도 불러줄 거예요.

난 당신에게서 인간의 더러운 때를 벗겨내어

공기의 정령처럼 만들어줄 거랍니다.

꽁꽃, 거미집, 나방, 겨자씨야!

꽁꽃   네, 여기요.   130

거미집 저도요.

나방   저도요.

겨자씨 저도요.

모두   어디로 갈까요?

티타니아 이 신사분 공손히 잘 모셔야 한다.   135

발걸음 주변에선 깡충 뛰기도 하고, 눈앞에선 장난도 쳐드려.

살구, 나무딸기, 자주색 포도와 초록 무화과,

오디를 따다 드리렴.

땅벌들에게서 꿀통을 훔쳐오고,

넓적다리에서 밀랍 긁어모아 초도 만들고   140

불 밝은 개똥벌레 눈으로 촛불을 밝혀

내 님을 침실로 모셔 쉬시게 하렴.

그리고 온갖 색 나비 날개를 뽑아

잠든 눈꺼풀 위로 달빛을 부채질 해드려.

애들아, 이 분께 머리 숙여 예를 갖추려무나.   145

꽁꽃   안녕하세요, 인간 나으리!

거미집 안녕하세요!

나방   안녕하세요!

겨자씨 안녕하세요!

바틈   실례지만 부탁이 있소, 그대 이름은?   150

거미집 거미집이에요.

바틈 거미집 양반, 앞으로 잘 사겨봅시다. 앞으로 손가락을 베이면 뻔뻔하지만 그대 좀 갖다 씁시다. 그대 이름은, 정직해 보이는 신사 양반?

155 **꽁꽃** 꽁꽃이에요.

바틈 그대 모친이신 아직 덜 여문 꽁꼬투리 부인과 부친이신 다 여문 꽁꼬투리 선생에게 안부 전해주쇼. 어진 꽁꽃 양반도 앞으로 친하게 지냅시다. ─그대 이름은 뭔지요?

겨자씨 겨자씨이에요.

160 **바틈** 어진 겨자씨 양반, 그대 인내심 잘 알고 있소이다. 저 덩치만 큰 겁쟁이 수소 고깃덩어리들이 당신네 집안 양반들을 많이도 집어 삼켰지요. 단언컨대, 당신 친지들은 내 눈물 꽤나 흘리게 했지요.[25] 어진 겨자씨 양반, 앞으로 잘 지내봅시다.

티타니아 자, 자, 이분을 잘 받들어라. 내 정자로 모셔.

165 달님은 물기 어린 눈으로[26] 보시는 것 같구나.

달님이 우실 땐, 작은 꽃들도 강제로 겁탈당한

정조에 안타까워 따라 운단다.

내 님의 혀를 잘 감싸 조용히 모셔가거라.

퇴장

---

25. 매운 겨자 때문에 흘리는 눈물을 바틈은 겨자씨 일가가 황소에게 먹혀 흘리는 동정의 눈물로 돌리고 있다.

26. 달은 대기의 수분을 모아 이슬을 만들어낸다고 한다. 달의 눈물이란 꽃에 내려앉은 이러한 이슬을 말한다.

2장

오베론 티타니아가 깼는지 모르겠군.

눈을 떠 처음 보게 된 게 무엇이든

그것과 격렬히 사랑에 빠져야 해.

[퍼크 등장]

심부름꾼이 오는군. 어이 개구쟁이 친구, 잘 되고 있나?

이 요정의 숲에서 뭐 재미나는 밤놀이라도 찾았어?   5

퍼크 여왕님께서 어떤 괴물과 사랑에 빠졌습니다.

여왕님께서 세상모르고 주무시는 동안

아테네 저자거리에서 밥벌어먹고 사는

누더기를 걸친 무식하고 거친 직공들이 말입니다.

여왕님의 은밀하고 성스러운 정자 가까이에서   10

고명하신 테세우스 공작님 혼인식을 위해

연극 연습을 하고 있더군요.

그 멍청이들 중 가장 천박하고 우둔한 얼간이가

피라머스 역을 맡았는데, 도중에

연습 장소를 떠나 덤불숲으로 들어가더군요.   15

전 그 기회를 놓치지 않았습니다.

그 녀석 머리 위에 당나귀머리를 얹혀준 거죠.

이내 띠스비와 대사를 해야 해서

그 우스꽝스런 녀석이 등장했죠. 놈들이 그 자를 보자―

20 슬금슬금 기어오는 포수를 본 야생기러기 떼처럼,

아니면 붉은 부리 까마귀들이 총소리에 놀라

무리지어 까악까악 날아올라

이리저리 흩어지며 미친 듯 하늘을 휩쓸 때처럼―

그 녀석을 본 동료들이 도망쳐댔지요.

25 제 발길에 여기저기 넘어지고, 그 녀석은 "살인이야" 외치면서

아테네 놈들에게 도와 달라 소리쳤지요.

놈들이 공포에 질려 혼비백산하자,

찔레, 가시덤불들이 옷가지니 소맷자락이니 모자니

도망치는 작자들 모든 걸 잡아채는 등,

30 그 가시덤불에 된통 혼나게 만들었답니다.

이렇게 무서워 난리 난 녀석들을 끌고 다니다가

변신한 피라머스를 거기다 내버려놨지요.

그 순간 때맞춰 티타니아님께서 눈을 뜨시자

바로 이내 그 당나귀 녀석과 사랑에 빠져버렸습니다.

35 **오베론** 이건 계획보다 더 잘 된 셈이군.

그런데 내가 지시한 대로 그 아테네 청년 눈에

사랑의 꽃즙은 뿌려놓았느냐?

퍼크 자고 있는 그 자를 발견했지요. 그리고 그 일도 끝!

아테네 처녀도 그 옆에 있었는데, 눈을 뜨는 순간

40 그 처녀를 볼 수밖에 없었을 겁니다.

드미트리어스와 허미아 등장

오베론 몸을 숨기자. 바로 그 아테네 청년이다.

퍼크 여자는 맞는데, 남자는 아닌데요.

드미트리어스 당신을 사랑하는 사람을 왜 욕하는 거야?

지독한 말은 지독한 적에게나 하는 거지.

허미아 지금은 그저 꾸짖는 정도지만, 좀 더 심하게 다뤄야겠군.   45

안됐지만 당신 스스로 내가 저주를 퍼부을 명분을 준 셈이니까.

정말 라이샌더를 잠든 사이 죽인 거라면,

이왕 피를 봤으니 어디 한 번 끝까지 가보지 그러셔.

나까지 죽이란 말야.

아무리 태양이 낮에 충실한들,   50

그 사람이 내게 하는 만큼은 아니지. 잠든 허미아를 두고

그 이가 날 버리고 달아난다고? 차라리

이 견고한 지구에 구멍이 뚫리고, 저 달이 구멍을 뚫고 나가[27]

지구 반대편에서 사는 사람들에게 자기 오빠 태양의 낮을

싫어하게끔 만든다는 이야기를 믿겠어.   55

당신 분명코 그 이를 살해한 거야.

살인자의 표정이 이렇지. 죽음처럼 소름끼치는 얼굴이야.

드미트리어스 살해당한 사람 표정이 그렇지. 바로 나처럼 말야.

네 냉혹하고 차가운 말이 내 심장을 도려내는군.

당신이 살인자야. 그렇지만 당신은 저 희미한   60

---

27. 즉 해가 지고 달이 떠서 밤이 온다는 말

하늘의 샛별처럼 밝고 맑기만 해.

허미아 이게 라이샌더와 무슨 상관이야? 도대체 그 이는 어디 있는 거지?

오 제발 착한 드미트리어스, 그 사람을 돌려주지 않으련?

드미트리어스 차라리 그 자식 시체를 사냥개에게 던져주겠다.

65 **허미아** 꺼져, 개새끼, 똥개 자식아! 넌 처녀의 인내심을

시험하고 있어. 진짜 그 이를 죽인 거야?

앞으로 넌 인간도 아니야.

제발 단 한 번만이라도 진실을 말해줘. 날 위해서라도, 진실을.

깨어있을 때 빤히 지켜보다가

70 잠들었을 때 죽여 버린 거야? 오 놀라워라!

뱀도 그 정도는 아닐 거야. 독사라면 모를까?

독사가 그랬겠지. 바로 네가 독사야. 너만큼

갈라진 혀로 잘 무는 독사도 없을 거야.

드미트리어스 엉뚱한 사람에게 화를 퍼붓는군.

75 난 라이샌더 피를 손에 묻힌 적 없어.

내가 알기론 죽지도 않았어.

허미아 그럼 제발 그이가 무사하다고 말해줘.

드미트리어스 그렇게 하면 뭘 해줄 건데?

허미아 특권을 주지. 다신 날 못 보는 특권을.

80 자 그럼 지긋지긋한 네게서 난 이제 그만.

그 이가 죽었건 살았건 날 다신 볼 생각 말아.　　　　　[퇴장]

드미트리어스 이렇게 심기가 사나울 땐 따라가 봐야 소용없어.

그러니 여기서 좀 쉬어가야겠다.

파산한 잠이 슬픔에게 진 빚으로

슬픔의 무게가 점점 심해지는구나.   85

그 빚을 갚기 위해 여기서 잠시 잠을 청한다면,

어느 정도 슬픔을 덜 수 있겠지.   [누워 잠든다.]

오베론 너 무슨 짓을 한 거야?

진짜 사랑하는 사람 눈에 사랑의 꽃즙을 잘못 바르다니.

네 실수로, 잘못된 사랑이 제대로 되는 게 아니라   90

제대로 된 사랑이 잘못 되게 생겼다.

퍼크 그렇게 되면 운명의 여신 뜻대로, 진실된 사람은 한 사람뿐,

다른 백만의 사람들은 그렇지 못해 모든 맹세 다 깨뜨리겠지요.

오베론 바람보다 빨리 온 숲을 뒤져

아테네 처녀 헬레나를 찾아와.   95

상사병에 걸려 한숨을 내쉴 때마다

핏기가 점점 사라져 낯빛이 창백해져 있다.

환영을 동원해 그 처녀를 이리 데려오너라.

그 아가씨가 나타날 때쯤 이 녀석 눈에 마법을 걸어놓겠다.

퍼크 가요, 가요, 어떻게 가나 잘 봐요!   100

타타르의 힘센 활시위를 떠난 화살보다[28] 더 빨리.   [퇴장]

오베론 [사랑의 꽃즙을 드미트리어스 눈에 바른다.]

큐피드 화살 맞아

자줏빛으로 물든 꽃이여,

이 청년의 눈동자를 적셔라.

---

28. 중앙아시아 지역의 타타르는 매우 강력한 활을 만들어내는 곳으로 유명했다.

105   사랑을 보게 될 때,

             그 처녀는 저 하늘 샛별처럼

             찬란하게 빛나리라.

             눈을 떠 그 처녀 옆에 있거든,

             사랑의 치료를 애걸하라.

                              퍼크 등장

110   **퍼크**   요정군대 대장님,

             헬레나가 이리 오고 있습니다.

             제가 실수한 그 청년도

             사랑의 권리를 주장하면서요.

             이 자들의 우스꽝스런 장면 좀 보시겠어요?

115   거참, 한심한 인간들 같으니!

      오베론   비켜서자. 이 자들이 시끄럽게 하면

             드미트리어스가 깰지도 모른다.

      퍼크   그럼 둘이 동시에 한 여자에게 사랑 고백하겠군요.

             그것만으로도 볼만한 구경거리겠네요.

120   제가 가장 재밌어하는 건

             뒤죽박죽 엉망이 되는 거랍니다.

                      라이샌더와 헬레나 등장

라이샌더   왜 내가 당신을 놀리려고 애걸한다는 거야?

놀리거나 조롱하는 건 눈물과 안 어울려.

보라구, 눈물로 맹세하잖아. 눈물에서 태어난 맹세는

태어나는 그 순간 진실만이 가득할 뿐야. 125

이런 내 모습들이 진실을 말해주는 눈물 표시를

달고 있는데도 어찌 조롱으로 비치는 걸까?

헬레나 놀리는 솜씨가 점점 노련해지는군.

진실이 진실을 죽이다니, 악마의 신성한 싸움이여![29]

당신 맹세는 허미아 것인데, 허미아를 버린다고? 130

맹세로 맹세를 저울에 달아봐, 아무 무게도 없지.

허미아에 대한 맹세와 나에 대한 맹세를 저울에 올려봐,

무게가 같을 거야. 둘 다 장난처럼 가벼울 거라는 거지.

라이샌더 허미아에게 맹세할 땐 아무 생각이 없었어.

헬레나 허미아를 버릴 때도 아무 생각 없었겠지. 135

라이샌더 드미트리어스는 허미아를 사랑해. 당신이 아니라구.

드미트리어스 [눈을 뜨며]

오 헬레나, 그대는 여신, 요정, 완벽하고 거룩해!

내 사랑, 그대의 두 눈을 무엇에 비교하리?

수정도 진흙일 뿐! 그대의 두 입술, 발갛게 농익어

마주한 한 쌍의 체리 같아, 훨씬 매혹적이야. 140

그대가 흰 손을 한 번 들기만 하면,

동풍이 불어와 순결하게 얼어붙은 저 높은 토러스 산맥

---

29. 헬레나에 대한 사랑이 허미아에 대한 사랑을 무너뜨린다는 말로, 허미아에 대한 진
실된 사랑의 맹세와 헬레나에 대한 거짓된 맹세가 다투고 있다는 뜻이다.

흰 눈도 까마귀 색으로 변해버려.[30]

백설공주 아가씨, 키스하게 해줘. 축복의 낙인찍듯!

145 **헬레나** 제기랄, 맙소사! 당신 둘은 재미삼아

날 골탕 먹이기로 작당 했군.

배운 사람이라면, 예의가 뭔지 아는 사람이라면

내게 이렇게까지 상처주진 않을 거야.

난 다 알고 있어. 당신 둘은 날 싫어하면서

150 그저 골탕 먹이는 데는 잘도 뭉치는군.

사내라면, 겉으로 보기엔 사내 같으니까,

숙녀를 이렇게 다루면 안 되지.

속으로는 정말 날 지지리 싫어하면서,

맹세하고 서약하고 내 몸매를 마구 칭찬하다니.

155 너희 둘은 허미아를 사랑하는데 경쟁자야.

그런데 이젠 헬레나를 놀려대는 경쟁자가 됐군.

조롱거리 삼아 불쌍한 처녀의 눈에서

눈물을 짜내다니 대단한 위업이고, 사내다운 기상이야.

고상한 성품을 가진 자라면 재미삼아 이렇게

160 처녀를 괴롭히고, 불쌍한 영혼의 인내심을 앗아가진 않아.

라이샌더 드미트리어스, 넌 정말 나쁜 놈이야. 그러지 마.

넌 허미아를 사랑하잖아. 이건 나도 알고 너도 아는데—

자 이제 내 모든 진심과 마음으로

---

30. 토러스 산맥은 터키에 있는 산맥으로, 까무잡잡한 허미아의 피부와 비교해서 헬레나의 새하얀 피부를 강조하고 있다.

허미아에 대한 내 몫을 네게 양보하겠다.

그러니 너도 헬레나에 대한 네 몫을 나에게 넘겨.　　　　　165

난 헬레나를 지금도 사랑하고 죽을 때까지도 사랑할 거라구.

헬레나 이런 대단한 헛소리 조롱꾼들은 처음이야.

드미트리어스 라이샌더, 허미아는 너나 가져. 난 안 가질래.

설사 사랑했었다 해도 그 사랑은 이젠 떠나버렸어.

내 마음은 그저 손님처럼 잠시 머물다 간 그런 거였어.　　　170

이젠 헬레나가 내가 돌아갈 고향이고,

거기서 영원히 정착할 거야.

라이샌더　　　　　　　　헬레나, 그렇지 않아.

드미트리어스 너 같은 놈은 알지도 못하는 진심을 얕보지 마.

그렇게 나오면 나에게 죽을 줄 알아.

저기 네 여자가 온다. 네 사랑은 저쪽이야.　　　　　175

허미아 등장

허미아 눈에서 제 기능을 앗아가는 어둔 밤이 오면

귀가 모든 걸 더 재빨리 알아차리게 되나봐.

밤이 시력을 앗아가면

청력에 두 배나 보상을 해준다지.

라이샌더를 찾은 건 눈이 아냐.　　　　　180

고맙게도 내 귀가 당신 소리로 데리고 왔네.

그런데 왜 매정하게 날 버려두고 간 거야?

라이샌더 사랑이 자꾸 떠나라 하는데 왜 머물러야 해?

허미아 도대체 어떤 사랑이 라이샌더에게 떠나라 했지?

185 **라이샌더** 라이샌더의 사랑이, 그 사랑이 떠나라하더군.

아름다운 헬레나—저 빛나는 보석, 밝게 빛나는 별보다

밤을 더 밝게 장식하는 너의 아름다움!

[허미아에게] 날 왜 찾아? 이래도 모르겠어?

네가 지지리 싫어 떠난 거 아냐?

190 **허미아** 마음에도 없는 말을, 그럴 리가 없어.

헬레나 이것 봐, 이애도 한통속이야.

이제 알겠어. 너희 셋이 작당해서

날 골탕 먹이려고 허튼 장난을 꾸며낸 거군.

괘씸한 허미아, 넌 고마움을 모르는 애야.

195 이 더러운 장난으로 날 괴롭히려고

이 남자들과 작당을 하고, 머리를 짜낸 거야?

우리가 함께 은밀히 나눴던 이야기들,

자매들 간의 맹세들, 우릴 갈라놓을 빠른

시간들을 꾸짖으며 함께 보낸 그 시절,

200 그걸 다 잊은 거야?

학창 시절의 우정, 유년기의 순수함도?

허미아야, 우린 두 솜씨 좋은 신들처럼,

같은 방석에 앉아, 둘이서 한 견본에

둘이서 꽃 한 송이를 바늘로 수놓으며,

205 둘이서 한 음조로, 둘이서 같은 노래를 읊곤 했어.

마치 우리들의 손이, 옆구리가, 목소리가, 마음이

하나로 합쳐진 것처럼 말이야.

마치 겹버찌가 둘로 나뉜 것처럼 보이지만,

갈라진 상태로 원래는 하나여서

한 줄기에 맺힌 두 개의 사랑스런 열매처럼   210

몸은 둘로 보이지만 마음은 하나였잖아.

한 방패 모양 문장 속에 같은 색 두 개의 방패가 있지만

그 위 깃털은 한 개뿐인 것처럼 말야.[31]

그런데 넌 우리 오랜 우정을 찢어놓고

사내들과 합세해서 이 불쌍한 친구를 조롱하는 거야?   215

그건 친구가 아니지. 처녀답지도 않아.

비록 이 상처를 나 혼자 받는다 해도,

여성들 모두가 널 비난할지도 몰라.

허미아 네가 왜 이리 흥분하는지 모르겠어.

내가 아니라, 네가 날 조롱하는 것 같은데.   220

헬레나 네가 라이샌더를 부추겨 날 따라다니게 하면서

내 눈이며 얼굴이며 칭찬하게 하지 않았니?

그리고 방금 전까지만 해도 내게 발길질해대던

네 또 다른 애인 드미트리어스에게

날 여신이니, 요정이니, 거룩하고 대단하고,   225

소중하고, 천사 같다느니 그렇게 부르라고 시키지 않았니?

아니면 그리도 싫어하는 여자에게 그런 말을 하겠어?

---

31. 두 개의 방패와 하나의 깃털이라는 말은 몸은 둘이지만 마음은 하나라는 것을 의
미한다.

그리고 라이샌더는 네가 부추기고 허락한 게 아니라면

그리도 소중히 여기는 너에 대한 사랑을 부인하고,

230   정말이지, 나에게 그런 애정을 보이겠어?

너만큼 남자들로부터 사랑받지도 못하고,

사랑이 달라붙지도 않고, 지지리 운도 없고,

비참하게 짝사랑만 한들 뭐가 어째서?

이런 내 모습을 경멸할 게 아니라 불쌍히 여겨야지.

235   **허미아** 도대체 무슨 말을 하는지 모르겠구나.

헬레나 그렇군, 알겠어! 그래도 참아야지. 슬픈 척 하다가

내가 등을 돌릴 때마다 비아냥대고.

서로 눈짓을 나누면서 신나게 날 조롱하는 걸 말야.

이런 장난은 잘만 하면 역사에 기리 남을 걸!

240   동정심이나 품위나 예절이란 게 있다면,

날 그렇게까지 조롱거리로 삼지는 않겠지.

암튼 여기서 헤어지자. 내 잘못도 없지는 않으니까.

내가 죽거나 없어지면 해결되겠지.

라이샌더 헬레나, 가지마. 내 변명도 들어봐야지.

245   내 사랑, 내 생명, 내 영혼, 어여쁜 헬레나!

헬레나 끝내주는군!

허미아 [라이샌더에게] 자기야, 저 애 그만 좀 놀려.

드미트리어스 허미아가 말로 널 막지 못하면 내가 힘으로 해주지.

라이샌더 허미아가 말로 못하듯 너도 힘으로 못해.

이 애의 허약한 기도처럼 네 놈 위협은 아무 힘도 없어.

헬레나, 내 목숨 다해 당신을 사랑해, 정말이야.　　　　　　250

내가 당신을 사랑하지 않는다고 말하는 자 잘못을

밝히기 위해서라면 내 목숨도 내놓을 수 있어.

드미트리어스 이 놈 사랑보다 내 사랑이 더 커.

라이샌더 그래? 그렇다면 가서 증명해보시지.

드미트리어스 자 어서 가자.

허미아　　　　라이샌더, 도대체 왜 이러는 거야?　　　　255

라이샌더 꺼져, 이 깜둥이!

드미트리어스　　　아니지, 아니야.

그냥 떨쳐내는 척하면서 따라올 것처럼 소란만 피우는군.

실제로 오지도 않을 거면서. 넌 비굴한 놈이야, 꺼져 버려.

라이샌더 이 손 놔. 이 고양이 같은 년, 밤송이처럼 잘도 붙어 있군.

천박한 것, 손 놔. 그렇지 않으면 독사 떨쳐내듯[32]　　　260

내동댕이칠 테니까.

허미아 왜 이렇게 거칠어진 거야? 왜 이렇게 변한 거야, 내 사랑?

라이샌더　　　내 사랑? 당장 꺼져, 이 앙칼지고 시꺼먼 년아,

꺼져. 구역질나고 역겨운 독약 같은 년, 꺼지라구!

허미아 장난치는 거지?

헬레나　　　　그래 맞아. 너도 그러는 거야.

라이샌더　　　드미트리어스, 약속은 지키겠다.　　　　265

드미트리어스 잘도 지키겠네. 허미아가 너무 힐렁하게

---

32. 신약성경 사도행전 28장 3-5절에서, 바울이 자기를 문 독사를 불에 떨쳐버렸다는
이야기를 빗댄 표현

매달려 있잖아. 네놈 말은 전혀 못 믿어.

라이샌더 뭐? 그럼 허미아를 치고, 때리고, 죽이기라도 해야 하나?

아무리 밉다 해도 그렇게 까진 못하겠어.

270 **허미아** 뭐라고? 밉다는 것보다 더 큰 상처가 있을까?

내가 싫다고? 왜? 이런, 왜 그러는 거야?

나 허미아잖아? 넌 라이샌더고, 아니야?

난 예전처럼 여전히 예쁘잖아.

간밤까지도 날 사랑하더니, 밤새 날 버렸네.

275 웬일이야? 날 버리다니 — 오 하나님 맙소사 —

정말 날 버리겠다는 거야?

라이샌더   아무렴, 분명코.

그리고 더 이상 네 꼴은 보고 싶지 않아.

그러니 희망도, 질문도, 의심도 버려.

정말이지, 이보다 확실한 건 없어. 네가 싫어지고

280 헬레나를 사랑하게 된 건 장난이 아냐.

허미아 [헬레나에게]

오 이런, 이 사기꾼 같은 년, 이 해충 같은 년,

사랑 도둑년! 뭐야, 한 밤중에 몰래 기어와

내 애인 마음을 훔쳐간 거야?

헬레나   얼씨구!

넌 겸손이란 것도, 처녀다운 수치심도,

285 일말의 창피함도 없는 거니? 그래, 내 점잖은 입에서

거친 답을 끌어내기라도 하겠다는 거야?

이런, 이런, 인간답지 않은 년, 땅딸이 꼭두각시 같은 년!³³

허미아 땅딸이 꼭두각시라고? 그래서? 아, 그런 식이구나.

이제 알겠다. 그래서 이 년이 계속 키를 비교한 거야.

자기가 더 크다고 뽐내면서, 몸매, 더 쭉쭉빵빵한 몸매로,   290

그야말로 그 큰 키로 라이샌더를 꼬신 거야?

내가 난쟁이 똥자루만큼 작다고 해서

넌 이 이 칭찬 먹고 쑥쑥 커진 거야?

내가 작으면 얼마나 작아? 이 깡마른 장대 같은 년!

말해봐, 내가 작으면 얼마나 작아? 손톱으로 네 두 눈깔을   295

후벼주지 못할 만큼 그렇게 작지는 않아.

헬레나 제발, 두 신사분들, 날 놀리는 건 좋은데

이 애가 날 해치지만 않게 해줘. 난 못되게 군 적 없어.

난 악녀 기질이라곤 전혀 없어.

심약한 딱 그런 여자라구.   300

날 때리지 못하게 해줘. 혹시라도 이 애가 더 작아서

내가 이 애하고 한 판 붙을 수 있다고 생각하는 거야?

허미아   또 작다고 하는 거야?

헬레나 착한 허미아야, 제발 나에게 심하게 굴지 마.

난 지금껏 쭉 널 사랑해왔어.

언제나 네 비밀을 지켜줬고, 네게 나쁘게 한 적도 없어.   305

드미트리어스를 좋아하는 마음에 네가 이 숲으로

---

33. 상대적으로 허미아는 헬레나보다 키가 작다. 계속해서 허미아의 작은 키를 조롱하고 있다.

도망친다는 말을 한 것 빼곤 말야.

그 이는 널 뒤쫓고, 난 사랑으로 그 이를 뒤쫓게 된 거야.

그 이는 날 꺼지라고 소리쳤고, 날 때리겠다고,

310　　걷어차겠다고, 아니, 아예 죽이겠다고 위협했어.

자 이제, 날 조용히 가게 해주렴.

어리석음 안고 아테네로 돌아갈래.

다신 널 뒤쫓지 않을 테니 날 가게 해줘.

내가 얼마나 순진하고 약한 사람인지 알잖니.

315　**허미아** 그래 가! 누가 널 막는데?

헬레나 여기 두고 가는 내 어리석은 마음이 막고 있어.

허미아 뭐야, 라이샌더에 대한 마음?

헬레나　　　　　　　　드미트리어스에 대한 마음.

라이샌더 겁내지마. 허미아는 널 해치지 못해.

드미트리어스 아무렴, 그렇게 못하지. 네 놈이 허미아 편든다 해도.

320　**헬레나** 이애는 한 번 화나면 거칠고 독해져.

이애는 학교 다닐 때 암여우였어.

키는 작아도 성깔이 보통 아니었어.

허미아 또 작다는 말이야? 그저 작고 조그맣다는 거야?

자기야, 이 애가 날 이렇게 놀려 데도 가만있는 거야?

한 판 붙게 해줘.

325　**라이샌더**　　　　　　　꺼져, 이 난쟁이똥자루야.

못 자라게 하는 풀이라도 먹고 이렇게 땅딸한 거야?

이 땅콩, 도토리 같은 년.

드미트리어스   헬레나를 위한답시고 주제넘게

나서는군. 당사자는 오히려 비웃고 있는데 말야.

헬레나는 가만히 놔둬. 이야기도 꺼내지 마.

편도 들지 말고. 조금이라도 헬레나에게 애정 표현할   330

생각 있다면 뒷감당 톡톡히 해야 할 거야.

라이샌더   이제 허미아가 손을 놓았다.

용기가 있다면 따라와! 헬레나에 대한 권리가

내 게 큰지 네 게 큰지 따져 보자.

드미트리어스 따라오라고? 아니지, 나란히 가야지.

라이샌더와 드미트리어스 퇴장

허미아 이 년아, 이 모든 사단은 다 너 때문이야.   335

아니, 내빼지마.

헬레나   난 널 못 믿어.

더 이상 너처럼 사나운 애랑 같이 못 있겠어.

네 손이 내 손보다 싸움엔 더 재빠를 진 몰라도

내빼기에는 내 다리가 더 길어.   [퇴장]

허미아 어이가 없어서 할 말이 없네.   [퇴장] 340

오베론과 퍼크 앞으로 나서며

오베론 이건 다 네 부주의 탓이야. 실수연발이군.

아니면 일부러 못된 짓을 저질렀거나.

퍼크 임금님, 실수 쪽입니다. 믿어주세요.

입고 있는 아테네 사람 복장으로

345 그놈을 알아볼 수 있을 거라 하지 않으셨나요?

그래서 아테네 사람에게 꽃즙을 바르는 일까진

제가 뭐 잘못한 건 없다 할 수 있지요.

여기까지는 이렇게 된 게 재밌긴 합니다.

이자들 말싸움 볼만 할 테니까요.

350 **오베론** 두 남자들이 싸울 곳을 찾는 걸 봤지?

그러니 서둘러서 밤을 짙게 만들어.

별빛 하늘을 지하세계처럼 어둡게 내려앉는

안개로 즉시 덮어버리고,

그리고 이 성미 급한 연적들이 길을 잃어

355 서로 마주치지 못하도록 해.

때로는 라이샌더 목소리를 흉내 내서

신랄한 욕설로 드미트리어스 화를 북돋고,

다음엔 드미트리어스 목소리로 욕을 퍼붓고 말야.

서로 얼굴을 못 보게 끌고 다니거라.

360 죽음 같은 잠이 그 자들 눈꺼풀 위에 내려앉아

납덩어리 같은 다리에 박쥐날개 짓으로 기어 다닐 때까지.

그 다음에 이 꽃즙을 라이샌더 눈에 짜 넣도록 해.

이 꽃즙에는 강력한 효험이 있어

모든 잘못이 되돌려지고

365 원래의 사랑을 되찾게 될 것이다.

이 자들이 눈을 뜨게 되면, 이 모든 소란이

그저 한낱 꿈, 무익한 환상으로 보일 게다.

그리고 아테네로 돌아가서는

함께 하는 시간들이 죽을 때까지 계속될 것이다.

그 사이 이 일은 네게 맡기고   370

난 여왕에게 가서 그 인도 아이를 달라 하겠다.

그 다음 여왕의 눈에서 마법을 풀어

그 괴물에서 벗어나게 해주면 만사 평화롭게 될 거다.

퍼크 요정의 왕이시여, 서둘러야 할 겁니다.

날쌘 밤의 용들이 구름을 신속히 가르면서   375

저 건너 새벽을 알리는 금성이 밝아오자

여기 저기 떠돌던 정령들이 떼를 지어

자기들 집 교회마당으로 몰려갑니다.

교차로에서 홍수로 파묻힌 저주받은 악령들은

이미 벌써 구더기 들끓는 침상으로 돌아갔지요.   380

자신들의 치욕이 드러날까 두려워

일부러 낮의 빛을 피하는 거지요.

그래서 영원히 눈썹 검은 밤과 함께 한답니다.

오베론 우리는 전혀 다른 정령들이다.

난 아침 사랑의 여신과 종종 장난도 치고,   385

붉게 타오르는 동쪽 문이

잔뜩 축복받은 빛으로 바다를 향해 열리면서

초록빛 바닷물을 황금빛으로 바꿔놓을 때까지

산지기 차림으로 숲속을 거닐 수도 있지.

390 그렇다 하더라도 지체 없이 서둘러야 한다.

아침이 오기 전 이 일을 마무리해야 해.   [퇴장]

퍼크   위로 아래로, 위로 아래로,

끌고 다니자. 위로 아래로.

모두가 날 무서워해, 산에서도 마을에서도.

395 난 도깨비, 끌고 다니자, 위로 아래로.

여기 한 녀석이 오는군.

라이샌더 등장

라이샌더 오만방자한 드미트리어스, 어딨냐? 말을 해봐.

퍼크   [드미트리어스 목소리로]

악당 같은 놈, 여기서 칼을 뽑고 기다리고 있다. 넌 어딨냐?

라이샌더 바로 간다.

퍼크   [드미트리어스 목소리로]

따라와, 더 넓은 곳으로 가자.

라이샌더 퇴장
드미트리어스 등장

400 **드미트리어스** 라이샌더, 말을 해.

이 도망자, 겁쟁이야, 내뺀 거야?

말을 해봐! 덤불 속이야? 머리통을 어디 숨기고 있는 거야?

퍼크 [라이샌더 목소리로]

겁쟁이 놈, 별들에게 허풍이나 떨고 있니?

전쟁에 나가야 해서 못 간다고

덤불에게 떠들어대고 있어? 자, 자 겁쟁이, 애송이 이리와. 405

회초리로 좀 때려줄 테니. 너 같은 놈에겐 칼도 필요 없어.

드미트리어스   그래, 거기 있냐?

퍼크 [라이샌더 목소리로]

내 목소릴 따라와. 여긴 결투하기 좋지 않아.

드미트리어스 퇴장
라이샌더 등장

라이샌더 이 자식이 계속 앞서 가면서 날 건드리는군.

부르는 곳으로 가면, 벌써 사라졌어.

이 썩을 놈이 나보다 훨씬 빠른가봐. 410

빨리 따라가면 더 빨리 내뺀단 말야.

길이 어둡고 울퉁불퉁해서 녹초가 됐어.

여기서 좀 쉬어야겠다. [눕는다.] 아침이여, 오너라.

그대가 흐릿한 빛만 보여줘도

드미트리어스를 찾아내 분풀이를 해줄 테니. [잠든다.] 415

퍼크와 드미트리어스 등장

퍼크 [라이샌더 목소리로]

야, 야, 겁쟁이, 왜 안 따라와?

드미트리어스 용기 있으면 맞장 뜨자.

감히 맞서지도 내 얼굴 마주 볼 용기도 없으면서

앞서 이리저리 도망 다니는 것 다 안다고.

어디 있는 거야?

퍼크 [라이샌더 목소리로]

420 이리 와, 여기야.

드미트리어스 그래, 날 갖고 놀아라. 아침에 네 놈 얼굴 보게 되면

톡톡히 값을 치르게 해줄 테니.

맘대로 하셔. 너무 피곤해서

이 차가운 바닥에 몸 좀 뉘어야겠다.

425 아침이 되면 맞장 뜰 각오해라. [잠든다.]

헬레나 등장

헬레나 아, 힘든 밤, 길고도 지긋지긋한 밤,

어서 빨리 지나 위로가 동쪽에서 빛나길.

아침이 오면 내가 옆에 있는 것조차 꺼리는

이 사람들에게서 벗어나

430 아테네로 돌아가게 말야.

때론 슬픔에 잠긴 눈을 덮어주는 잠아,

조용히 찾아와 잠시 시름 좀 잊게 해다오. [잠든다.]

퍼크 아직 셋뿐이야? 한 명 더 필요해.

남녀 두 쌍이면 네 명인데.

435 여기 그 아가씨가 화난 표정으로 오는군.

불쌍한 아가씨들을 미치게 만들다니

큐피트는 못된 녀석이야.

허미아 등장

허미아 이렇게 지친 적도, 이렇게 괴로운 적도 없었어.

이슬에 흠뻑 젖고, 가시에 찢기고 화난 얼굴로.

더 이상 기지도, 걷지도 못하겠다.   440

다리가 마음을 따라가 주질 않아.

동 틀 때까지 여기서 쉬어야지.

두 남자가 싸우게 되면, 하느님, 라이샌더를 지켜주세요. [잠든다.]

퍼크   바닥에 누워

곤히 자라.   445

다정한 연인아,

네 눈에

치료약 발라줄게.

[마법의 꽃즙을 라이샌더 눈에 짠다.]

잠에서 깨거든

옛 애인 눈을 보고   450

거기서 진정한

기쁨 찾아라.

이런 시골 속담 있지.

짚신도 제짝이라고.

눈 뜨면 알게 된단다.   455

선남선녀 제 짝,

모든 게 활짝.

사내는 제 암말 다시 찾고, 모든 게 술술.

퍼크 퇴장

4막

1장

요정의 여왕 티타니아, 바틈, 꽁꽃, 거미집, 겨자씨 등 요정들 등장
그리고 이들 뒤에 요정의 왕 오베론 등장

티타니아 자 여기 꽃침대에 누우세요.

나의 기쁨인 당신, 그동안 그대 사랑스런 두 뺨을 쓰다듬으며

매끄럽고 부드러운 머리카락에 사향장미 꽂아드리고

그 어여쁜 큰 귀에 입 맞춰 드릴게요.

5 **바틈** 콩꽃 양반 어딨나요?

꽁꽃 여기요.

바틈 콩꽃 양반, 머리 좀 긁어주구려. 겨자씨 양반은?

겨자씨 여기요.

바틈 맘씨 좋은 겨자씨 양반, 무기를 들고 가서 엉겅퀴꽃에 앉아 있는

10 빨간 엉덩이 호박벌 한 마리 잡아 꿀통을 가져다주시게. 너무 서

두르지 말고 조심조심 하시게. 꿀통이 깨지면 안 되니까. 꿀통 뒤

집어쓴 모습 보고 싶지 않소이다. 겨자씨 양반은 어딨소?

겨자씨 여기요.

바틈 자 악수나 합시다, 겨자씨 양반. 인사는 그만 두시고.

15 **겨자씨** 시키실 일은요?

바틈 아무것도 없소이다. 그냥 거미집 양반을 도와 내 머리나 긁어주쇼.

이발소나 다녀와야겠소. 얼굴에 털이 잔뜩 나있는 것 같아서 원.

난 워낙 예민해서 당나귀처럼 털이 좀만 간질여도 긁게 되거든.

티타니아 잠깐만, 사랑스런 당신, 음악 좀 들으실래요?

바틈 난 음악에 꽤나 조예가 있지요. 뽕짝 한가락 합시다. 20

티타니아 아니면, 사랑스런 당신, 뭐 좀 드시겠어요?

바틈 아무렴, 여물 한 통 합시다. 잘 마른 귀리 좀 우걱우걱 씹어봅시
다. 건초 한 다발했으면 하는 마음도 있고. 맛난 건초, 달콤한 건
초, 끝내주지요.

티타니아 용감한 요정더러 다람쥐 창고를 뒤져 25
신선한 도토리 좀 가져오게 할게요.

바틈 그보다는 한두 줌 마른 콩이 더 좋겠는데. 그런데 날 귀찮게 하지
않았음 좋겠구려. 술술 잠기운이 몰려와요.

티타니아 주무세요. 두 팔로 안아드리지요.
요정들아, 물러나라. 사방팔방으로 물러나라. 30

[요정들 퇴장]

담쟁이가 부드럽게 인동덩굴 감싸듯,
암덩굴이 숫덩굴 마디들을 감싸듯이요.
어쩜 이리도 사랑스러울 수가! 미쳐버리겠어요!

[둘 다 잠든다.]

퍼크 등장

오베론 [앞으로 나오면서]
잘 왔다, 퍼크야. 이 멋진 광경이 보이느냐?
여왕이 이렇게까지 홀리다니 안됐구나. 35

이 끔찍한 녀석에게 줄 선물을 찾고 있던

여왕을 좀 전 숲 뒤편에서 만났을 때,

욕설을 퍼부으며 한바탕 했었지.

방금 딴 향기로운 꽃으로 만든 화관을

40 그 털북숭이 녀석 머리에 씌워줬더라구.

그리고 한 때 꽃봉오리 위 투명한 둥근 진주처럼

부풀어있던 그 이슬이 자신들 불명예가 슬퍼

흘리는 눈물인 양 예쁘고 작은 꽃망울 속에 맺혀 있었지.

내가 여왕을 한껏 조롱하자

45 여왕은 부드러운 말로 참아 달라 애걸하더군.

그래서 그 아이를 돌려 달라 했지.

그러자 바로 돌려주면서 요정들에게

그 아이를 요정나라 내 처소로 데려주라 했어.

자 이제 그 아이를 얻었으니 여왕의 눈에서

50 이 끔찍한 문제를 해결해줘야겠다.

착한 퍼크야, 이 아테네 촌놈 머리에서

당나귀 머리 껍질을 벗겨 주거라.

그래서 다른 사람들과 함께 눈을 뜨거든,

오늘 밤 일어난 일들을 그저

55 한바탕 뒤숭숭한 꿈으로 여기면서

아테네로 돌아갈 수 있도록 말이다.

자, 먼저 여왕을 풀어줘야겠다.

[마법의 꽃즙을 티타니아 눈에 뿌려준다.]

이전처럼 되라.

이전처럼 보라.

달의 여신 정조나무 가지[34]   60

큐피드 꽃 물리칠 효능과 영험 발휘하라

자, 티타니아, 눈을 뜨라. 사랑스런 여왕이여!

티타니아 [일어나며]

나의 오베론, 참 희한한 꿈이었어요!

내가 당나귀와 사랑에 빠졌었나 봐요.

오베론 당신 애인 저기 있잖아.

티타니아   어쩜 이럴 수가?   65

저 얼굴, 보기만 해도 끔찍해.

오베론 잠시만 조용히. 퍼크야, 그 머릴 벗겨주렴.

티타니아, 음악을 청해 이 다섯을

보통 잠보다 더 깊은 죽음 같은 잠에 빠지게 합시다.

티타니아 음악을, 잠을 부르는 음악을!   70

[잔잔한 음악이 흐른다.]

퍼크 [바톰에게서 당나귀 머리를 벗기며]

이제 눈을 뜨거든 바보 같은 눈으로 세상을 보거라.

오베론 풍악을 울려라. 자 나의 여왕, 내 손을 잡고

이 자들이 자고 있는 대지를 흔들어줍시다.

[춤을 춘다.]

당신과 나 이제 화해를 했으니

---

34. 달의 여신은 정조의 여신으로 정조나무가지를 들고 다닌다고 알려져 있다.

75   내일 자정이 되면 예의를 차려

        테세우스 공작 집에서 축제의 춤을 춥시다.

        모두가 번창하도록 축복도 해주고,

        연인들도 제 짝을 찾아 그 곳에서

        기쁨으로 테세우스와 함께 혼인을 하게 될 거요.

80 **퍼크** 요정의 왕이시여, 귀 좀 기울여보세요.

        아침 종달새 소리가 들립니다.

    오베론 자 그럼 여왕, 조용히

        밤의 그림자를 쫓아 떠납시다.

        우린 떠돌이 달보다 더 빨리

85   지구 한 바퀴 돌 수 있으니까.

    티타니아 가요, 여보. 날아가면서

        잠든 내가 땅바닥에 누워 있는

        이 인간들과 간밤에 어떻게 발견된 건지

        이야기 해줘요.

            오베론, 티타니아, 퍼크 퇴장
        나팔소리. 히폴리타, 이지어스, 시종들과 함께 테세우스 등장

90 **테세우스** 누가 가서 산지기를 불러오너라.

        이제 오월제도 다 치렀고, 날도 밝았으니

        히폴리타에게 사냥개 음악소리 좀 들려줘야겠다.

        저 서쪽 계곡에 사냥개들을 풀어놔라. 맘껏 뛰놀게 해.

        어서 서둘러, 가서 산지기를 찾아와.

　　　아리따운 여왕, 산봉우리에 올라　　　　　　　　　　　　95

　　　사냥개들 소리와 메아리가 어우러져

　　　음악처럼 뒤섞이는 소리를 들어봅시다.

히폴리타　헤라클레스와 캐드머스가 크레타 숲에서

　　　스파르타 사냥개들 데리고 곰 사냥할 때 함께 한 적이 있어요.[35]

　　　그렇게 우렁차게 짖는 소리를 들어 본 적이 없어요.　　　　100

　　　숲, 하늘, 샘, 근처 모든 땅들이 한 목소리로

　　　울부짖는 것 같았답니다. 서로 다른 소리들이

　　　아름다운 천둥소리 같이 그렇게 조화를 이루는 걸

　　　들어 본 적이 없어요.

테세우스　내 사냥개들도 스파르타 종자라오.　　　　　　　105

　　　턱이 큰데다가 갈색이 그렇지. 머리에는

　　　아침이슬 쓸고 다니는 두 귀가 달려있고,

　　　갈고리 같은 장딴지와 목주름은 데살로니가 황소 같소.

　　　쫓는 덴 느리지만, 짖는 소리는 여러 종들이 연이어

　　　조화롭게 울리는 소리 같다오. 크레타, 스파르타, 데살로니가　　110

　　　그 어느 곳에서도 이 사냥개들처럼 나팔소리에 힘 받아

　　　한 목소리로 짖어대는 소리를 들어본 적이 없소.

　　　들어보면 알 것이오. 아니 잠깐, 이 요정들은 뭐지?

---

35. 테세우스는 헤라클레스와 함께 아마존 원정을 갔었다고 알려져 있으나, 캐드머스
　　는 테베의 건국자로 실제로 이들보다 앞선 시대 사람이다. 크레타는 미궁이 있던
　　도시이며 스파르타와 크레타는 용맹한 사냥개들로 유명하였다.

이지어스 공작님, 여기 자고 있는 처녀는 제 딸이고,

115   이쪽은 라이샌더, 여긴 드미트리어스,

여기는 헬레나, 네다 어르신의 딸 헬레나군요.

다들 여기 모여 있다니 이상한 일입니다.

테세우스 오월제 때문에 일찍 일어난 모양이군.

내 계획을 듣고 우리 결혼식 축하하려고 온 거야.

120   그런데, 이지어스, 오늘이 바로 허미아가 누굴

선택했는지 답하기로 한 날 아닌가?

이지어스 공작님, 그렇습니다.

테세우스 가서 나팔소리로 사냥꾼들을 깨워라.

[안에서 외침 소리, 나팔소리, 두 쌍의 연인들 일어난다.]

다들 잘 잤는가? 성 발렌타인 날도 지났는데

125   이 숲새들은 이제야 짝을 짓는가?³⁶

연인들 무릎을 꿇는다.

라이샌더 공작님, 죄송합니다.

테세우스   괜찮다. 다들 일어나게.

자네 둘은 원수인 줄 알았는데,

미움이 불신에서 멀어져 원수 곁에서 잠들고

적개심을 두려워하지 않다니

130   세상에 이런 멋진 화합이 또 어딨단 말인가?

라이샌더 공작님, 하도 어리둥절해서

---

36. 2월 14일 성발렌타인 축일에는 새들도 제 짝을 찾는다는 말이 있다.

비몽사몽간에 대답 드리겠습니다. 정말이지
제가 어떻게 여기에 왔는지 모르겠습니다.
제 생각에는, 정말 사실을 말씀드리자면,
정말 생각해보니까, 그렇습니다.　　　　　　　　　135
허미아와 함께 여기 왔습니다. 저희 계획은
아테네에서 도망치는 거였습니다.
끔찍한 아테네 법이 닿지 않는 곳으로요.

이지어스　됐어요, 공작님, 이만하면 됐습니다.
이 놈 머리에 법을, 그 법을 집행해주십시오.　　　140
드미트리어스, 이 연놈들은 도망치려 했어.
그렇게 자네와 날 속이려 한 거야.
자네에겐 자네 아내를, 내겐 내 약속을,
내 딸을 자네에게 주겠다는 내 약속 말이야.

드미트리어스　공작님, 착한 헬레나가 이 두 사람 야반도주를,　　　145
이 숲으로 도망친다는 계획을 알려줬습니다.
그리고 저는 격분해서 이들을 쫓아 온 거구요.
헬레나는 사랑에 못 이겨 절 쫓아온 겁니다.
그런데 공작님, 무슨 힘 때문인지 모르겠는데,
그런데 무슨 힘이기는 한데, 허미아에 대한 사랑이　　　150
눈처럼 녹아, 어릴 적 애지중지했던
값싼 장난감에 대한 기억처럼 돼버렸습니다.
그리고 제 마음의 모든 믿음과 가치,
제 두 눈의 대상과 기쁨은

155 이제 헬레나뿐입니다. 공작님, 허미아를 만나기 전,

전 이미 헬레나와 결혼 약속한 적이 있습니다.

그러나 병든 사람처럼 헬레나라는 음식을 혐오했었죠.

그런데 지금 건강한 사람처럼 입맛이 되살아났습니다.

이제 그걸 소망하고, 사랑하고, 원합니다.

160 그리고 영원히 그것에 충실하려 합니다.

테세우스 아름다운 연인들이 다행스럽게 맺어졌구나.

이 이야기는 나중에 더 들어보자.

이지어스, 자네 뜻을 꺾어야겠소.

이 두 쌍은 성전에서 우리와 함께

165 영원히 짝을 맺게 될 테니 말이오.

그리고 아침도 한참 지났으니

계획했던 사냥은 미뤄둡시다.

자 아테네로 돌아가자. 우리 세 쌍의 연인들은

멋진 축하연을 열게 될 것이다.

170 히폴리타, 갑시다.

히폴리타, 이지어스, 시종들과 함께 테세우스 퇴장

드미트리어스 이 일들은 저 먼 산들이 구름 속으로 사라지듯

흐릿하기만 해.

허미아 마치 초점이 맞지 않는 눈으로 보는 것처럼

모든 게 둘로 보이는 것 같아.

헬레나   나도 그래.

난 보석처럼 내 것 인 듯 내 것 아닌 듯했던   175

드미트리어스를 다시 찾았어.

드미트리어스   우리 확실히 깬 거 맞아?

아직도 잠에 빠져 꿈을 꾸고 있는 것 같아.

공작님이 여기 계셨었고 우릴 따라오라 하지 않았어?

허미아 맞아, 우리 아버지도.

헬레나   히폴리타 님도.

라이샌더 공작님께서 성전으로 따라오라 하셨지.   180

드미트리어스 그럼 우린 깨어있는 거야. 공작님을 따라가자.

가면서 우리 꿈을 되짚어보자.

연인들 퇴장

바틈 [잠에서 깨며]

내 차례가 되면 불러줘. 그러면 시작할게. 자 다음 대사는 "세상

에서 제일 어여쁜 피라머스"로 시작하지. 으라차차! 피터 퀸스?

풀무장이 플루트? 땜장이 스니아웃? 스타블링? 이런 맙소사, 나   185

만 자게 내버려두고 다들 도망갔어. 진짜 이상한 꿈을 꿨어. 아무

리 머리 좋은 사람도 이게 어떤 꿈인지 설명할 수 없는 그런 꿈이

었어. 이 꿈을 설명한답시고 설쳐대면 당나귀 같은 놈이지. 음 글

쎄, 내가 뭐였냐 하면, 그랬던 같은데 ─ 내가 뭐였냐를 알려준다

고 깝죽대는 놈은 색동옷 입은 광대 같은 놈이지. 사람이 눈이 있   190

어도 듣지 못하고, 귀가 있어도 보지 못하고, 손이 있어도 맛보지

못하고, 혀가 있어도 깨닫지 못하고, 마음이 있어도 내 꿈이 뭔지

말해주지 못해!³⁷ 피터 퀸스에게 이 꿈으로 노래 하나 지어 달라 해야지. 제목은 "바틈의 꿈"으로, 왜냐면 거기엔 바탕이고 뭐고 없으니까. 그리고 공작님 앞 연극 끝 부분에서 이 노랠 부를 거야. 음, 아니면 좀 더 우아하게 만들어서 띠스비 죽을 때 불러 볼까나.

퇴장

---

37. 눈과 듣다, 귀와 보다, 손과 맛보다, 혀와 깨닫다, 마음과 말하다 등을 혼동해서 쓰고 있는 구절들로 바틈의 무식함을 드러내주고 있다.

2장

퀸스, 플루트, 스나우트, 스타블링 등장

퀸스   바틈네 사람 보내 봤어? 아직 안 돌아왔데?

스타블링   아무 소식 없데요. 어디로 잡혀간 게 분명해요.

플루트   바틈 씨가 안 오면 연극 완전 망치는 건데. 못하는 거죠, 그쵸?

퀸스   못하지. 아테네 사람들 중 피라머스 역에 바틈만한 자가 없거든.

플루트   그래요. 아테네 직공들 중 가장 영리하잖아요.   5

퀸스   맞아. 생김새도 가장 출중해. 게다가 달콤한 목소리는 본부인이지.

플루트   '본보기'라고 해야죠. 본부인이 뭐에요!

스너그 등장

스너그   여러분, 공작님께서 성전에서 돌아오고 계셔요. 두서너 신사 숙
           녀 분들이 더 결혼했대요. 우리 연극이 무대에 오르기만 하면 한
           몫 크게 잡게 될 걸요.   10

플루트   참으로 잘난 바틈 씨, 이렇게 해서 평생 하루 6펜스를 놓치는군
           요. 하루 수당이 6펜스는 됐을 테니까 말에요. 공작님께서 피라머
           스 했다고 하루에 6펜스씩 주지 않는다면 제 목을 따세요. 바틈
           씨는 그걸 받을 만해요. 피라머스로 하루 6펜스, 아니면 끝!

바틈 등장

바틈   이 사람들 어디 있는 거야? 어이 친구들 다 어디 있어?

퀸스   바틈, 아 정말 멋진 날이군! 정말 행복한 순간이야!

바틈   친구들, 내 깜짝 놀랄 만한 이야기 하나 해줄게 ─ 근데 뭔지는 묻지 마. 내가 말해준다면, 난 진짜 아테네 사람이라 할 수 없지.[38] 다 말해주겠어, 일어난 그대로 말야.

20   **퀸스**   바틈, 어서 들어보자구.

바틈   한 마디도 안 해줄 거야. 내가 해줄 말이라고는 ─ 공작님 만찬이 끝났다는 것뿐이야. 의상들 챙기시게, 수염 다는 끈 잘 매고, 무대 신발에 새 리본 달고 곧장 궁전에서 만나세. 각자 맡은 역 잘 훑어보고 말야. 요점은, 결국 우리 연극이 뽑혔다는 것![39] 어쨌든
25   띠스비에게 깨끗한 옷 입히고, 사자 역 맡은 친구에겐 손톱 자르지 말라고 하셔. 사자 발톱 내보여야 하니까. 그리고 친애하는 배우 여러분, 양파나 마늘 먹지 말기를. 향기로운 입 냄새 뿜어야 하니까. 이건 정말 향기 가득한 코미디야 하는 소릴 꼭 들여야 한단 말이지. 자 이제 각설하고, 출발!

퇴장

---

38. 자신이 겪은 이상한 이야기를 해주겠다 하면서도 말해주지 않겠다는 코믹한 장면으로, 실제로는 기억력의 한계로 벌써 잊었거나 아니면 마법의 효과로 기억이 희미해져서이기도 하다.

39. 그러나 실제로 이들의 공연은 5막 1장에서 결정된다.

5막

1장

테세우스, 히폴리타, 필로스트레이트, 귀족들과 시종들 등장

히폴리타 여보, 이 연인들 이야기 정말 이상해요.

테세우스 하도 이상해서 믿기지가 않는군. 허무맹랑한 동화 같고

요정 운운 하는 이런 이야기들은 믿기 어렵구려.

사랑에 빠진 자나 미친 자들은 하나같이 머리가 들끓어

5   냉정한 이성으로 이해할 수 있는 것 이상을

감지하는 풍부한 상상력을 갖고 있소.

광인이나 연인, 시인들은 하나같이

상상력으로 가득 차 있는 자들이오.

광대한 지옥 속 악마보다 더 많은 악마를 보는 자,

10   이런 사람은 광인이오. 연인은, 마찬가지로 환상에 빠져

집시 얼굴에서 헬렌의 미모를[40] 본다하오.

시인의 눈은, 예술적 광기에 젖어,

지상에서 천상을, 천상에서 지상을 본다더군.

상상력이 미지의 것들을 구체화 해주면,

15   시인의 펜은 그것들에게 형체를 부여하고,

무형의 존재하지 않은 것들에

주소와 이름을 붙여준다고 하오.

---

40. 자신의 미모로 인해 그리스와 트로이 전쟁을 야기한 트로이의 헬렌

강력한 상상력은 그 능력이 대단해서

어떤 기쁨을 감지만 해도

그 기쁨 제공자를 금방 파악해낸다더군.   20

아니면, 한밤중에 어떤 공포를 상상하면,

덤불이 곰으로 보이는 건 너무 쉬운 일이 아닐까?

히폴리타   재차 들어본 간밤 이야기들,

그 사람들 마음이 한꺼번에 바뀌었다는 것,

이건 사랑의 환상 그 이상 뭔가 있다는 것이고,   25

그래서 일관성 있는 그 무엇에 이르게 됐다는 거죠.

아무리 그래도 정말 이상하기 그지없어요.

라이샌더, 드미트리어스, 허미아, 헬레나 등장

테세우스   기쁨과 행복으로 가득 찬 연인들이군.

어이 친구들, 기쁨과 사랑의 새 날들이

그대들 마음속에 함께 하기를!   30

라이샌더   그보다 더 많은 기쁨과 사랑이 공작님의 걸음걸음에,

식탁 위에, 침실에 가득하길 기원합니다.

테세우스   자 자, 만찬 후 침실에 들기까지

이 기나긴 세 시간을 메워줄

연극이나 춤은 준비돼 있는가?   35

공연감독관은 어디 있는가?

재미거리 좀 있는가? 이 지루한 시간의

고통을 덜어줄 연극은 있는가?

필로스트레이트를 불러라.

필로스트레이트　　　　네, 테세우스 공작님.

40　**테세우스**　오늘밤 준비된 뭐 간단한 여흥거리라도 있느냐?

　　　　무슨 연극인가? 무슨 음악인가? 여흥거리가 없다면

　　　　이 느려터진 시간을 어떻게 달래지?

필로스트레이트　[종이 한 장을 내밀면서]

　　　　준비된 여흥거리 목록입니다.

　　　　무얼 먼저 보실지 고르십시오.

테세우스　[목록을 읽는다.]

45　　　　"아테네 내시가 하프 반주에 부르는

　　　　켄타우로스와의 전쟁 이야기"[41] ―

　　　　이건 아니야, 이건 내 친척 헤라클레스를 기리며

　　　　히폴리타에게 이미 들려준 적이 있거든.

　　　　"바커스 여사제들이 술에 취해

50　　　　광분해서 트라키아의 악사를 찢어 죽인 난동 사건"[42] ―

　　　　이건 구닥다리야. 내가 테베를

　　　　정복하고 돌아올 때 공연된 적이 있어.

　　　　"최근 굶어 죽은 학자를

---

41. 켄타우로스는 그리스 신화에 등장하는 반인반마 괴물로, 테세우스의 친구 피리토우스의 결혼 피로연에서 일어난 술에 취한 켄타우로스 일당과 라피테 족 사이의 전투를 말한다. 일설에 의하면 이 전투에 테세우스의 친척으로 알려진 헤라클레스도 참가했다고 한다.

42. 술의 신 바커스의 여사제들이 술에 취해 트라키아의 악사 오르페우스를 찢어 죽인 사건을 말한다.

애도하는 아홉 명의 뮤즈 이야기"[43] ―

이건 너무 날카롭고 비판적인 풍자극이라　　　　　　　55

결혼 축하용으로 맞지 않아.

"젊은 피라머스와 그의 연인 띠스비의

장황하게 짧은, 비극적으로 웃긴 단막극" ―

웃긴데 비극적이라? 장황한데 짧다고?

이건 뜨거운 얼음이고, 이상한 까만 눈이랄까!　　　　60

이러한 부조화의 조화가 어떻게 가능할까?

필로스트레이트　공작님, 이 연극은 대사가 열 마디도 안 됩니다.

연극이라 하기에는 정말 "짧지요."

그런데 그 열 마디가 너무 깁니다.

그래서 "장황하다"는 거지요. 통틀어 봐도　　　　　65

대사 한 마디, 배우 한 사람 제대로 된 게 없습니다.

그리고 공작님, 피라머스가 자살하니,

이건 "비극적" 입니다. 연습할 때 제가 봤는데

눈물이 날 정도였습니다. 그건 "웃긴" 눈물이었지요.

하도 배꼽을 잡고 웃다보니 그랬습니다.　　　　　70

테세우스　도대체 어떤 작자들인가?

필로스트레이트　여기 아테네에서 일하는 수족이 거친 자들로

한 번도 머리로 일해본 적이 없는 자들입니다.

공작님 혼례를 축하한답시고 지금껏 써 본 적 없는

기억력에 고문을 가하고 있는 중이지요.　　　　　75

---

43. 시, 음악, 학예 등을 주관하는 아홉 명의 여신

테세우스 그럼 그걸로 하자.

필로스트레이트   안됩니다, 공작님.

공작님께 맞지 않습니다. 저도 보긴 했는데,

도대체가 쓰레기에요, 쓰레기.

공작님을 위해 고통스럽게 억지로

80 머리를 짜내고 외우려는 그자들의 노력에서

가상함을 찾으시려한다면 모를까요.

테세우스   그 연극으로 하겠다.

소박한 마음과 충성스런 마음이 가미되면

그 어떤 것도 그릇되지 않는 법이다.

그자들을 데리고 오라. 부인들도 자리를 잡으시지요.

[필로스트레이트 퇴장]

85 **히폴리타** 그 미천한 자들이 부담감 갖는 것 보고 싶지 않네요.

충성을 다하려다가 망치는 것도 그렇구요.

테세우스 아니, 그럴 리는 없을 거요.

히폴리타 그자들은 이런 일엔 엉망이라 하잖아요.

테세우스 엉망인 일을 고마워한다면 우린 더 너그러운 셈이지.

90 그자들 실수를 받아들이는 것도 즐거운 일이요.

관대함이란 비천한 자들이 애를 써도 못하는 것을

그 자체보다는 정성으로 이해해주는 것이라 하겠지.

전에 있던 곳에서 저명한 학자들이 미리 준비한

환영사로 나를 영접하려 한 적이 있었지.

95 그런데 벌벌 떨고 얼굴이 창백해지면서

환영사 중간 갑자기 말을 잃고서

겁에 질려 연습한 말이 목구멍에 걸리고,

결국 더듬대다 환영사를 마무리 못한 채

중단한 걸 본 적이 있소. 정말이지

난 그런 침묵 속에서 환영사를 읽었고,　　　　　　　　　100

참으로 의무를 다하려는 공손함 속에서

대담하고 세련된 달변에서 만큼 많은 걸 발견할 수 있었소.

그러니 내 생각엔, 사랑과 눌변의 순수함은

적은 말수로도 많은 걸 말해준다고 할 수 있소.

필로스트레이트 등장

필로스트레이트　공작님, 서막이 준비됐습니다.　　　　　　　　　105

테세우스　시작하라 해라.

나팔 소리. 서막역으로 퀸스 등장

퀸스　저희가 언짢게 해드린다면 그건 저희의 선의입지요.

그렇게 생각해주신다면, 언짢게 해드리려는 건 아닙니다.

우리들의 선의가 아니라면 말입죠. 저희들의 간단한 기교를

보여드리는 것, 그게 저희들 목적의 첫걸음입니다.　　　　　　　　　110

잘 생각해보십시오. 저희는 악의를 가지고 왔습니다.

만족을 드리려는 게 의도가 아닙니다.

우리는 진정한 목적입니다. 여러분들의 기쁨을 위해섭니다.

우리는 여기에 온 게 아닙니다. 후회하실 겁니다.

115   배우들이 준비됐다는 겁니다. 공연을 보시면

알고 싶으신 걸 몽땅 다 알게 될 겁니다.[44]

테세우스 이 친구 말은 전혀 앞뒤가 안 맞는군.

라이샌더 마치 야생마 타듯 서막을 타는군요. 제 멋대로 뜁니다. 말이란
그저 한다고 되는 게 아니라 올바로 해야 한다는 좋은 교훈입니다.

120 **히폴리타** 정말, 저자는 어린애가 피리 불 듯 서막을 읊는군요. 소리만 내
지 음은 제대로 못 내니까 말에요.

테세우스 대사가 뒤엉킨 사슬 같아. 부서진 데는 없지만 온통 꼬여 있는
셈이지. 다음은 누군가?

      나팔수 등장, 다음으로 피라머스 역 바틈, 띠스비 역 플루트,
      돌담 역 스나우트, 달빛 역 스타블링, 사자 역 스너그 등장

퀸스 [서막 역]

신사숙녀 여러분, 이 연극이 궁금하실 겁니다.

125   계속 그러십시오. 모든 게 적나라하게 밝혀질 때까지요.

이 남자는, 궁금하시다면, 피라머스입니다.

이 아리따운 아가씨는 띠스비입니다. 분명합니다.

회반죽과 흙을 뒤집어 쓴 이 자는 돌담입니다.

이 연인들을 갈라놓는 아주 못된 놈이지요.

130   이 불쌍한 영혼들은 돌담 틈새로 속삭이는 걸로

---

44. 퀸스는 당황해서 말의 어순을 뒤죽박죽으로 만들어 엉뚱한 내용을 전달하게 되고
    이는 이들의 무식함을 드러낼 뿐 아니라 코믹한 효과를 불러일으킨다.

만족하지요. ─이 점 부디 놀라지 마시길.

등불과 가시덤불을 들고 멍멍이를 끌고 온 이 자는

달빛 역입니다. 궁금하시다면, 이 두 연인은

대담하게도 달빛 촉촉한 밤 나이너스 무덤가에서

만나 사랑을 속삭이게 됩니다.   135

이 섬뜩한 짐승은, 본디 사자라 불리는 놈인데,

약속 지키려고 한 발 먼저 등장한 띠스비를

깜짝 놀라게, 아니 기겁을 하게 만들지요.

띠스비는 도망치고, 그러다가 망토를 떨어뜨리게 됩니다.

그걸 섬뜩한 사자가 피 묻은 입으로 더럽히지요.   140

뒤이어 피라머스 등장. 점잖고 훤칠한 자인데요,

먼저 온 띠스비의 피 묻은 망토를 발견하게 됩니다.

이에 검을, 검디 검붉은 검을 거머쥐고,

검질긴 자기 가슴을 검으로 검열하듯 검파해버리지요.

그리고 뽕나무 그늘 밑에 숨어 있던 띠스비는   145

그의 검을 거머쥐고 결국 죽지요. 자 나머지는

사자, 달빛, 돌담, 연인들이 무대에 남아

상세히 전달해드리도록 하겠습니다.

퀸스, 바틈, 플루트, 스너그, 스타블링 퇴장

테세우스 사자가 말을 할까 궁금하군.

드미트리어스 이상할 건 없지요. 요즘 말하는 당나귀들도 많다는데, 말 150

하는 사자 한 마리쯤 있겠죠.

스나우트 [돌담 역]

> 이 연극에서 제가, 이름은 스나우트인데,
>
> 돌담 역할을 하기로 되어있습지요.
>
> 자 이렇게 생각해주셨으면 합니다. 이 돌담에는

155
> 갈라진 구멍 즉 틈새가 있는데요,
>
> 여길 통해 두 연인 피라머스와 띠스비가
>
> 종종 아주 은밀히 속삭인답니다.
>
> 이 회반죽, 이 흙반죽, 이 돌덩이가 소생이
>
> 돌담이란 걸 말해줍니다. 사실이 그렇습니다.

160
> 바로 이게 좌우로 난 틈새인데요,
>
> 여기로 연인들이 가슴 졸이며 속삭일 겁니다.

테세우스 이 흙반죽 덩어리에게 이 이상의 대사를 기대할 수 있을까?

드미트리어스 공작님, 제가 지금껏 들어본 것들 중 가장 똑똑한 돌담인 것 같습니다.

피라머스 역 바틈 등장

165 **테세우스** 피라머스가 돌담으로 간다. 조용히!

바틈 [피라머스 역]

> 오 음침한 밤이여, 오 온통 시꺼먼 밤이여,
>
> 낮이 사라지면 나타나는 밤이여!
>
> 오 밤, 오 밤, 오 이런, 오 이런, 오 이런,
>
> 내님 띠스비가 약속을 잊지나 않았을까!

170
> 그리고 그대, 우리 땅과 띠스비 부친 땅 사이를 가르는

오 돌담, 오 상냥한, 오 사랑스런 돌담.

그대 돌담, 오 돌담, 오 상냥하고 사랑스런 돌담,

그대의 틈새를 보여줘. 내 눈으로 깜빡깜빡 볼 수 있게.

[돌담이 손가락을 벌려준다.]

고맙군, 친절한 돌담. 신의 가호가 함께 하기를!

아니 이게 뭐야? 띠스비가 안보이네.   175

오 나쁜 돌담, 내 복덩어리가 보이질 않잖아.

이 저주받을 돌덩이 녀석, 감히 날 속이다니!

테세우스 음 글쎄, 이 돌담도 생각이 있다면 저주로 답해줄 텐데.

바틈 아닙니다, 공작님. 저 녀석은 안 그럴 겁니다. "날 속이다니"는

띠스비 신호입니다. 자 이제 띠스비가 등장합니다. 저는 돌담 틈   180

새로 띠스비를 발견합니다. 제가 말씀드린 대로 고대로 보게 되

실 겁니다. 저기 오네요.

띠스비 역 플루트 등장

플루트 [띠스비 역]

오 돌담, 내 사랑 피라머스님과 날 갈라놓고선

내 한탄 소리 참 많이도 듣고 있구나.

내 앵두같은 입술이 석회와 털을 섞어 뭉쳐놓은   185

네 돌덩어리들에게 종종 입맞춤하곤 했지.

바틈 [피라머스 역]

목소리가 보이는군, 자 구멍으로 가서

살펴보고 띠스비의 얼굴을 들어봐야지.[45]

띠스비!

플루트 [띠스비 역]

190   내 사랑! 당신 내 사랑 맞지요?

바틈 [피라머스 역]

　　　뭐라 생각하든, 난 당신 애인 각하이고,

　　　이도령처럼 늘 당신에게 충실하다오.

플루트 [띠스비 역]

　　　그럼 저는 춘향이에요. 운명이 우릴 갈라놓을 때까지요.

바틈 [피라머스 역]

　　　견우와 직녀도 우리만큼은 아니었지.

플루트 [띠스비 역]

195　　직녀가 견우에게 그랬듯, 제가 당신께 그래요.

바틈 [피라머스 역]

　　　이 못돼 먹은 돌담 구멍으로 입맞춤해주오.

플루트 [띠스비 역]

　　　그러려 해도 당신 입술이 닿질 않아요.

바틈 [피라머스 역]

　　　그럼 바로 니니 무덤에서 볼까요?

플루트 [띠스비 역]

　　　내 목숨 다해 바로 가겠어요.

　　　　　　바틈과 플루트 서로 다른 방향으로 퇴장

------

45. 소리를 본다든가 얼굴을 듣는다는 식으로 말실수를 하면서 코믹한 효과를 일으킨다.

스나우트 [돌담 역]

이렇게 해서 저 돌담은 임무를 완수했습니다.   200

다 마쳤으니 돌담은 이제 퇴장합니다.   [퇴장]

테세우스 이제 두 집안 사이의 담은 허물어진 셈이군.

드미트리어스 어쩔 수 없는 일이지요, 공작님. 벽에도 귀가 있으니[46] 기

꺼이 듣겠다면 말입니다.

히폴리타 이건 지금껏 들어본 것 중 가장 어이없는 거네요.   205

테세우스 가장 뛰어난 배우도 그림자에 불과해.[47] 그리고 상상력으로 보

충해주면 최악의 연극도 그리 나쁘진 않아.

히폴리타 그건 당신의 상상력이지 저들 게 아니잖아요.

테세우스 배우들만큼 우리가 상상력을 발휘해준다면, 저들도 뛰어난 배

우라고 할 수 있지. 여기 한 사내와 사자, 두 고상한 짐승들이 등   210

장하는군.

사자 역 스너그, 달빛 역 스타블링 등장

스너그 [사자 역]

숙녀 여러분, 바닥을 기는 쪼그맣고 끔찍한 생쥐조차

두려워하는 여린 마음을 가지신 분들이니,

성난 사자가 성질 더럽게 성깔부리면,

아마도 놀라 벌벌 떠시겠죠?   215

---

46. 서양의 "벽에도 귀가 있다"라는 속담에서 나온 말

47. 배우는 자신의 실체와 다른 역을 맡아 행하는 자들이기 때문에 흔히 그림자와 같
은 존재로 비유되었다.

제가 무시무시한 사자라는 건 가구장이 스너그로서지

결코 어미사자가 아니란 걸 알아주십시오.

제가 사자로 성질부리려 이곳에 나온 거라면

저로서는 참으로 참담한 일이지요.

220 **테세우스** 정말 점잖은 짐승이군. 게다가 양심적이야.

드미트리어스 제가 지금껏 본 짐승 중 최곱니다.

라이샌더 이 사자는 용맹스럽기보다는 여우처럼 교활하군요.

테세우스 맞아, 그리고 지혜는 거위 수준이야.[48]

드미트리어스 아닙니다, 공작님. 저자의 용기는 지혜를 몰고 다닐 수 없

225 　　　어요. 여우는 거위를 몰고 다닐 수 있지만요.

테세우스 확실히 저자의 지혜도 용기를 몰고 다니지 못해. 거위가 여우

　　　를 몰고 다니지 못하잖아. 어쨌든, 저자의 지혜에 다 맡겨두고 달

　　　빛 대사나 들어봅시다.

스타블링 [달빛 역]

　　　이 등불은 뿔 달린 달님이고[49] －

230 **드미트리어스** 차라리 자기 머리에 뿔을 달았어야지.[50]

테세우스 초승달이 아니니까. 뿔은 보름달 안에 감춰져 안보이거든.

스타블링 [달빛 역]

　　　이 등불은 뿔 달린 달님이고,

　　　소인은 달님 안에 사는 사람이라 하겠지요.

---

48. 거위는 어리석고 멍청한 동물의 대명사로 알려져 있다.

49. 뿔 달린 달이란 초승달을 말한다.

50. 아내가 바람을 핀 남편 머리에는 뿔이 난다는 민담이 있다.

테세우스 이건 가장 큰 잘못이야. 사람이 등불 안으로 들어가야지. 안 그 러면 어찌 달 속에 사는 사람이라 할 수 있겠어? 235

드미트리어스 촛불이 타고 있어 감히 못 들어가지요. 보십시오. 어떻게 든 촛불을 꺼보려고 낑낑대고 있지 않습니까?

히폴리타 이 달빛은 진짜 피곤한 스타일이에요. 어서 다음 장면으로 넘 어갔으면!

테세우스 지혜도 꺼져가는 작은 등불만하니 달이 기울면 곧 퇴장하게 될 240 거요. 그러나 예의상으로나 이치적으로나 때를 기다려줘야지.

라이샌더 달빛 양반, 계속 하게나.

스타블링 그저 소인이 아뢰고자 하는 바는 등불은 달님이고, 저는 달 속 에 사는 사람이고, 이 가시덤불은 제 가시덤불이고, 이 개는 제 개라는 것뿐이죠. 245

드미트리어스 아니 이 모든 것들은 달 속에 있는 것들이니 등불 속에 들 어가 있어야지. 아무튼 조용히! 띠스비 등장이요.

띠스비 역 플루트 등장

플루트 [띠스비 역]

여기가 니니의 옛무덤이군. 내 사랑은 어디에?

스너그 [사자 역]

어흥!

사자는 으르렁 대고, 띠스비는 도망치며 망토를 떨어뜨린다.

250 **드미트리어스** 사자 씨, 멋진 어흥이야!

테세우스 띠스비도 멋지게 도망치는군.

히폴리타 달빛도 멋지게 비추고 있어요. 정말이지 비추는 솜씨가 일품이 에요.

테세우스 멋지게 물어뜯었어, 사자 양반!

255 **드미트리어스** 그리고 피라머스 등장―

라이샌더 그리고 사자 씨는 퇴장.

사자 망토를 물어뜯고 퇴장
피라머스 역 바틈 등장

바틈 [피라머스 역]

상냥하신 달님, 그대의 햇살 고맙구려.

이렇게 밝게 비춰주니 참으로 고맙소, 달님.

그대의 광화롭고, 광대하고, 광명한 광채,

260 그 덕에 약속 지키는 띠스비를 볼 수 있으리니.

아니 잠깐만―오 이럴 수가!

이걸 보시게, 불쌍한 기사양반

이 무슨 끔찍한 광경인가?

두 눈아, 보이느냐?

265 어찌 이런 일이?

오 내 사랑하는 소중한 여인이여!

그대의 어진 망토가―

어찌 피로 물들어 있느냐?

오너라, 잔인한 분노의 여신들아!

운명의 여신들아,[51] 오너라, 오라구.   270

와서 내 생명의 실을 끊어버려라.

짓이기고, 짓누르고, 짓밟고, 짓씹어라.

테세우스 이 격정, 애인의 죽음이 사람을 비통하게 만드는군.

히폴리타 이런 말도 안 돼. 저자가 참 안 됐어요.

바틈 [피라머스 역]

오 조물주여 그대는 왜 사자를 만드셨나요?   275

사악한 사자가 꽃다운 내 사랑을 범했으니.

지금껏 살아오고, 사랑하고, 사모하고, 사랑스러웠던

사람들 중 가장 고운 아니 고았던 그대.

눈물아 흘러라, 가슴을 쳐라!

칼, 너도 나와서 이 피라머스의   280

젖꼭지를 푹 찔러라.

심장이 팔딱이는

왼쪽 젖꼭지를.

이렇게 나는 죽는다, 이렇게, 이렇게!   [자신을 칼로 찌른다.]

자 이제 나는 죽는다,   285

자 이제 나는 하직한다.

내 영혼은 하늘로 훨훨.

혓바닥아, 빛을 잃어라.

---

51. 세 명의 운명의 여신들로, 클로토는 생명의 실을 짓는 여신, 라케시스는 그 실을
뽑는 여신, 아트로포스는 그것을 자르는 여신이다.

달빛, 넌 이제 대사 끝!⁵²　　　　　　　[스타블링 퇴장]

290　　이제 죽는다, 죽어, 죽어야지, 죽자, 죽어요.　　[죽는다.]

드미트리어스　몇 번이나 죽는 건가요? 죽는 건 단 한 번뿐, 한 번은 죽을
수 있지요.

라이샌더　한 번도 안 죽기도 하나봅니다. 그런데 죽었으니 끝이겠지요?

테세우스　의사 도움으로 다시 살아날지도 모르지. 그러면 진짜 한 번도
295　　안 죽는다는 건가?

히폴리타　띠스비가 돌아와 애인이 죽은 걸 보기도 전에 달빛은 왜 먼저
퇴장한 거죠?

테세우스　별빛으로 보려나보지.

[띠스비 역 플루트 등장]

띠스비 등장이야. 저 여인네 곡소리로 연극은 끝나겠군.

300　**히폴리타**　긴 곡소리는 하지 않았음 해요. 짧게 끝냈으면 좋으련만.

드미트리어스　피라머스가 나은지 띠스비가 나은지는 도토리 키재기입니
다. 남자 역이나 여자 역, 그저 하나님 맙소사일 뿐이죠.

라이샌더　띠스비는 이미 사랑스런 눈으로 피라머스를 발견했어요.

드미트리어스　그래서 이어질 대사는, 기대하시라―

플루트　[띠스비 역]

305　　여보세요, 주무셔요?

이보세요, 죽었어요?

오, 피라머스, 일어나요.

말을, 말을 해봐요! 묵묵부답?

---

52. 혀와 달빛이 하는 일을 바꿔 부름으로써 무식함과 코믹한 효과를 드러내준다.

죽었어요, 죽어? 당신의 고운 두 눈,

무덤에 덮여야 하나요?   310

백합 같은 이 입술,

이 앵두 같은 코,[53]

노란 앵초꽃 같은 이 두 뺨,

다 사라졌나요?

세상 연인들아, 슬퍼하라.   315

이 분의 눈은 대파처럼 생생했었죠.

오 운명의 세 여신이여,

우윳빛 창백한 손을 들고

오라, 내게 오라.

그대들은 내 님의 비단실 같은 목숨   320

가위로 쏙닥 잘라버렸으니,

그 손을 피로 물들게 하라.

혓바닥아 침묵하라!

검아, 믿음직한 검아,

그 칼날 내 가슴을 피로 적셔라! [가슴을 찌른다.]   325

여러분, 이제 안녕.

이렇게 띠스비는 끝나요.

안녕, 안녕, 안녕! [죽는다.]

테세우스 달빛과 사자가 남아서 장례 치러주겠군.

드미트리어스 돌담도요.   330

---

53. 띠스비는 백합과 앵두를 바꿔 사용하고 있다.

바틈 [벌떡 일어나며]

아니요, 분명히 말씀드리지만, 두 집안을 갈라놓았던 돌담은 무너졌지요. 자 이제 마지막 고별사를 보시겠습니까, 아니면 우리 중 두 명이 추는 버고마스크 춤을 들어보시겠습니까?[54]

테세우스 고별사는 됐다. 너희 연극은 변명의 여지가 없다. 전혀 변명할
335
필요가 없어. 배우들이 다 죽었으니 욕해줄 자도 없구나. 대본을 쓴 자가 피라머스 역을 하고 띠스비 양말로 목을 매 죽었다면 더 멋진 비극이 됐을지도 모르지. 허나 잘 한 셈이다. 나름 괜찮은 연극이었다. 자 마지막 고별사는 그만 두고 버고마스크 춤이나 보자.

[둘이 나와 춤을 춘 뒤 모두 퇴장]

340
자정을 알리는 종의 추가 열두 번을 쳤다.

연인들이여, 이제 침실로. 곧 요정들의 시간이다.

오늘 밤늦게까지 잠자리에 들지 않았으니

내일 아침 늦잠 잘까 걱정이다.

어수룩한 연극이기는 했지만 굼뜬 밤의 행보를
345
잘 달래주었다. 여보게들, 침실로 듭시다.

앞으로 열나흘 간 밤마다 즐거운 잔치로

축하연을 계속해나갑시다.

모두 퇴장

---

54. 여기에서도 바틈은 인사말을 본다와 춤을 듣다라는 식으로 바꿔 쓰고 있다. 버고마스크 춤은 이태리의 시골 마을 베르가모라는 이름에서 따온 춤으로 시골사람들이 추는 시골풍의 춤이다.

빗자루를 들고 퍼크 등장

퍼크 지금은 굶주린 사자가 울부짖고,
　　　늑대는 달 보고 짖어대고,
　　　지친 농부가 힘든 하루 일로　　　　　　　　　　　350
　　　곯아떨어져 코를 고는 시간.
　　　거의 타버린 장작이 마지막 불꽃을 내고,
　　　부엉이가 부엉부엉 울면서
　　　시름에 젖어 누운 자들에게
　　　수의를 생각하게끔 하는 시간.　　　　　　　　　355
　　　지금은 무덤들이 입을 크게 벌려
　　　혼령들을 토해내면서
　　　교회 길로 미끄러지듯 내보내는
　　　밤의 시간.
　　　그리고 삼계의[55] 여신 헤카테　　　　　　　　　360
　　　마차 옆을 따르는 우리 요정들은
　　　해 있는 곳에서 벗어나
　　　몽환의 암흑을 쫓으며
　　　희희낙락거린다. 축복받은 이 댁 근처
　　　쥐새끼 한 마리 얼씬 마라.　　　　　　　　　　365
　　　난 문 밖 먼지 쓸어주려
　　　빗자루 들고 먼저 왔단다.

---

55. 삼계는 천계, 지상계, 하계를 말한다.

오베론과 티타니아, 시종요정들과 함께 등장

오베론 가물가물 희미한 횃불로[56]

집안 곳곳 어렴풋이 밝혀라.

370 　모든 요정과 정령들 가시덤불 위

새들처럼 가벼이 뛰어다녀라.

나를 따라 노래하며

경쾌하게 춤을 추자구나.

티타니아 먼저 당신께서 한 마디씩 지저귀는 음조로

375 　장단에 맞춰 노래를 불러줘요.

우린 둥글게 손에 손을 잡고 따라 부르며

이 집안을 축복해주겠어요.

춤을 추며 노래한다.

오베론 동이 틀 때까지 너희 요정들은

각자 집안 이리저리 흩어져라.

380 　우린 테세우스 침상으로 가서

복을 내려줄 것이다.

거기서 태어날 자식들에게

행운이 깃들리라.

그렇게 세 쌍의 부부들

385 　그 사랑 영원히 변치 않으리.

---

56. 요정들은 촛불이나 횃불이 달린 머리띠를 매고 다닌다고 알려져 있다.

조물주의 손은 어느 자식에게도

흠집 하나 남기지 않으리라.

태어날 때부터 보기 흉한

사마귀, 언청이, 흉터,

불길한 반점, 어느 하나 390

자손들에게 결코 없으리라.

모든 요정들은 이 신성한

요정이슬 들고 발걸음 옮겨

궁전 곳곳 모든 방에

감미로운 평화의 복을 내려라. 395

이 댁의 주인도 축복받고

영원히 안녕을 누리리라.

흩어져라, 머뭇거리지 말고.

동이 트면 다시 보자.

퍼크만 남기고 모두 퇴장

퍼크 [관객을 향해]

우리 배우들이 마음에 안 드셨다면, 400

이렇게 생각해주세요. 여러분들이 잠시 조는 동안

이런 환영들이 나타난 거라고.

그러면 다 괜찮아질 겁니다.

그리고 신사숙녀 여러분, 한갓 꿈같은

이 초라하고 보잘 것 없는 연극을 405

너무 나무라지는 말아 주세요.

용서해주신다면 고쳐나가겠습니다.

그리고, 저 정직한 퍼크가 약속드립니다.

우리가 분에 넘치는 행운으로

여러분의 질타를 면하게 된다면

머지않아 더 멋진 모습 보여드리겠다구요.

그렇지 않음 저 퍼크를 거짓말쟁이라 불러도 좋습니다.

저희들이 친구라 생각되면 박수 주세요.

그러면 퍼크는 꼭 보답해드릴 겁니다.

퇴장

작품설명

　　1564년 4월 영국 런던 북서쪽에 위치한 작은 시골마을 스트래트포드-어폰-에이본(Stratford-upon-Avon)에서 태어나 20대 중반 런던으로 상경한 셰익스피어의 약 1590년경부터 1613년경까지의 20여년 극작 경력에서 『한여름 밤의 꿈』은 초기에 속한다고 할 수 있다. 이 작품의 정확한 집필 연대는 알 수 없지만 대략 1595년과 1596년 사이에 만들어진 것으로 추정된다. 이러한 추정을 가능하게 한 것들 중의 하나가 바로 이 작품과 『로미오와 줄리엣』의 유사성이다. 첫 장면에서 허미아가 아버지의 반대로 사랑하는 라이샌더와 도주를 하는 점, 그리고 아테네 직공들이 테세우스 공작 결혼 축하용으로 공연하는 극중극 「피라머스와 띠스비」 연극이 두 집안 사이의 불화, 사랑의 도피, 시간차로 인한 주인공들의 비극적인 최후 등의 내용을 담고 있다다는 점에서 1595년경 집필된 『로미오와 줄리엣』 직후 만들어졌을 것으로 추정된다. 셰익스피어는 아마도 『로미오와 줄리엣』의 비극적 결말이 아쉬워 유사한 내용으로 행복한 결말을 시도했으리라는 추측이 가능하다. 또 다른 추정 근거는 이 작품의 줄거리가 귀족 가문의 혼인 과정과 축하라는 점에서 당대 런던 귀족 가문들의 혼례 건을 들 수 있다. 1595년 1월 엘리자베스여왕이 직접 결혼식에 참석했다고 알려져 있는 엘리자베스 비어(Elizabeth Vere)와 더비백작(Earl of Derby)의 결혼, 그리고 1596년 2월 엘리자베스 커리(Elizabeth Carey)와 토머스 버클리(Thomas Berkeley)와의 결혼이 셰익스피어에게 작품 구상의 계기를 부여했거나, 이 작품이 바로 이들 결혼식의 축하 공연용이었다고 할 수 있다.

『한여름 밤의 꿈』의 가장 큰 묘미 중의 하나는 구조적 특성이다. 셰익스피어의 여타 극들에 비해 보다 다양한 계층의 인물들이 비슷한 비중으로 다뤄지고 있다는 점이다. 테세우스를 비롯한 귀족 계층, 극중극을 준비하는 퀸스 등의 아테네 직공 천민들의 세계, 그리고 환상적인 요정들의 세계가 그러하다. 귀족 사회의 냉정한 현실, 천민들의 무식한 태도, 요정세계의 비현실적이고 몽환적인 분위기는 나흘이라는 시간적 공간 속에서 하나로 조화를 이루게 된다. 이러한 점에서 셰익스피어의 낭만희극 세계의 정수를 발견하게 된다. 일반적으로 셰익스피어의 낭만희극은 현실세계에서 사랑의 장애에 부딪힌 연인들이 비현실적인 숲의 세계로 이동하여 그곳에서 우여곡절을 겪으면서 장애를 해결하고 다시 현실세계로 복귀하여 행복한 결혼식에 이르게 된다는 플롯을 갖는다. 아테네 사회가 법, 질서, 이성 등이 지배하는 사회라면 숲은 상상력, 꿈, 감성 등이 지배하는 공간이다. 이성적 사회의 질서는 상상의 세계에서 와해되고 변화되고 그 과정에서 새로운 질서가 탐색된다. 숲은 마치 꿈의 세계와 같아 프로이드 식으로 말하면 의식이 억누르고 있던 에너지가 발산되고 무의식적 소망이 실현되는 장소이다. 화해와 조화 그리고 새로운 질서 구축의 전단계인 것이다. 숲의 세계에서 돌아와 다시 찾은 현실세계는 이전과 다른 모습이고 여기에서 이뤄지는 결혼은 단순한 남녀의 결합 그 이상으로 분열된 사회의 회복과 조화를 의미한다.

이 작품에서 주목해볼 또 다른 점은 세 쌍의 귀족 연인들 관계에서 여성들의 역할이다. 이 연극은 남성 세계에 대한 여성들의 저항에서 시작한다. 테세우스는 남성이 주도하는 아테네의 지도자이고, 결혼 상대자 히폴리타는 여성들만의 세계인 아마존의 지도자였다. 결국 극의 초반에서 제시되는 혼인식에 대한 기대는 남성의 세계가 여성의 세계를 지배하게 된 결과이다. 이 장면에서 히폴리타는 나흘 앞으로 다가온 결혼에 그리 행복하지만은 않다. 얼굴에는 수심이 엿보인다. 곧 이어 벌어지는 이지어스와 딸 허미아 사이 갈등의 원인은 아버지에 대한 딸의 불복종이다. 아버지는 딸을 자신의 소유물로 주장하지만 딸은 자신의 육체와 정신의 독립성을 주장하면서 여성의 주체성을 강조한다. 이처럼 이미 현실세계에서 여성의 목소리내기가 감지된다. 셰익스피어의 비극 세계에서는 목소리를 내는 여성 인물들은 죽임을 당하거나 사회에서 축출되는 식으로 철저히 대가를 치르게 된다. 그러나 셰익스피어의 희극세계에서 중심 여성 인물들은 자의성이 허락되기도 하고 어느 경우 남성보다 우월한 인물로 그려지기도 한다.

숲 속 두 쌍의 연인들은 요정 퍼크의 마법의 꽃즙 뿌리기 실수로 인한 관계의 혼란을 겪는다. 아테네에서 허미아를 사랑했던 라이샌더와 드미트리어스는 숲 속에서는 하나같이 헬레나에게 마음이 옮아간다. 여성들의 전통적인 속성들 중 하나가 '가변성'이다. 모습이 변하지 않는 태양은 남성이고 매일 모습이 변하는 달은 여성이듯 말이다. 그러나 숲속에서의 양상은 그 반대이다. 사랑이 변하는 자들은 여성들이 아니라 남성들이다. 가변성은 라이샌더와 드미트리어스의 속성이 된다. 여성들은 오롯이 자신들의 사랑을 지켜가는 반면 남성들은 마법의 꽃즙에 따라 이리저리 방황한다. 그리고 결국 여성들이 원하는 짝들과 결혼에 이르게 된다. 뿐만 아니라, 여성 인물들인 허미아와 헬레나는 외모와 성격 모두 각각 다른 개성적인 인물들로 그려지고 있는 반면 라이샌더와 드미트리어스 남성 인물들은 개성 없이 그저 이름으로만 구별되는 인물들로 그려지고 있다. 다분히 여성의 우월성과 독립성이 강조되고 있는 것이다.

비극세계에서 장애와 난관은 비극적인 결말의 단초가 되지만 희극세계에서는 극복과 회복을 통한 사회통합의 단초가 된다. 특히 『한여름 밤의 꿈』에서는 사회통합의 범위가 확대된다. 단순한 귀족 계층 남녀의 결혼/통합을 넘어서 귀족-천민-요정들의 구조적 조화를 희망한다. 현실세계의 현실적인 통합뿐 아니라 현실과 상상의 결합이라는 이념적인 통합도 이뤄낸다. 통합과 조화의 세계라는 이념은 마지막 극중극 장면에서 가시화 된다. 무대 중앙에는 아테네 노동자들이 벌이는 극중극이 진행된다. 방금 결혼식을 마친 귀족들이 빙 둘러 앉아 공연을 감상 중이다. 그리고 그 뒤에는 투명인간 역할을 하는 요정들이 극중극과 이를 감상하는 귀족들을 지켜보고 있다. 여기에서 우리는 관객들의 존재도 간과할 수 없다. 귀족, 노동자, 요정의 존재는 관객들의 관극 대상이다. 기독교적 신에 대한 믿음이 철저했던 당대 사회를 염두에 두고 한 걸음 더 나아가면 무대와 관객석을 내려다보고 있는 신의 존재를 상상할 수도 있다. 추정 가능한 거의 모든 세계가 아우러져 있는 모습이다. 따라서 『한여름 밤의 꿈』은 셰익스피어의 극들 중 가장 이상적인 세계를 만들어내는 극이라 할 수 있다.

부수적으로 이 극이 보여주는 '웃기는' 요소들 몇 가지에 대한 팁을 주고자 한다. 먼저 무식한 노동자들이 연극 준비를 하면서 보여주는 코믹한 장면들이다. 초점은 이들의 언어에 대한 무지와 무대의 컨벤션에 대한 무지에 맞춰진다. 언어에 대한 무지의 면에서 볼 때 가령 3막 1장 연극 연습 장면에서 피라머스 역의 바틈은 사랑하는 띠스비를 '달콤하게 악취 나는 꽃다발'로 부른다. 향취라는 어휘를 잘못 쓴 예이다. 이렇게 문맥에 맞지 않는 어휘를 사용하는 경우가 비일비재하다. 언어에 대한 무지의 정점은 5막 1장 극중극 공연에 앞서 퀸스가 서막 역으로 등장해 대사하는 장면이다. 귀족 관객들 앞에서 퀸스가 읽어 내려가는 서막 대사는 어순이 온통 뒤죽박죽이다. "저희가 언짢게 해드린다면 그건 저희 선의입지요. . . . 저희는 악의를 가지고 왔습니다" 등의 대사는 극중극 관객들뿐 아니라 우리 관객들에게도 웃음을 선사한다.

이들은 연극의 컨벤션에 대해서도 무지하다. 연극의 컨벤션이란 물리적 제한이 있는 연극 무대에서 벌어지는 내용을 관객들이 암묵적으로 현실로 인정해주는 일이다. 가령, 나무 모양의 장식 몇 개만이 장식되어 있어도 깊고 험한 숲이라고 관객들은 인정해주기도 하고, 병사 서너 명이 나와 간단한 칼싸움만을 해도 수만 대군들의 웅장한 전투라고 인정해주기도 한다. 바로 이웃에 사는 배우가 왕의 복장을 하고 등장하면 이웃

집 아저씨가 아니라 국가의 운명을 책임진 군주로 인정해주기도 해야 한다. 그러나 아테네 노동자들은 그렇지 못하다. 가령 3막 1장 공연 연습 장면에서 이들은 무서운 사자가 등장하면 귀부인들이 놀라자빠지지 않을까 근심이다. 이에 대한 해결책으로 바틈은 사자 역을 맡은 스나우트에게 사자 가면 밖으로 얼굴을 내밀고 "실은 저는 사자가 아니라 그냥 사람일 뿐이니까 제발 놀라시지 마시라"는 변명을 읊으라고 조언한다.

3막 2장 숲 속에서 장난꾸러기 요정 퍼크의 실수로 벌어지는 귀족 연인들의 사랑싸움 과정에서 여성 인물들인 허미아와 헬레나의 외모에 대한 언쟁도 관객들에게 웃음을 가져다준다. 외모 상 허미아는 헬레나에 비해 키가 작고 까무잡잡하다. 라이샌더는 한때 사랑했지만 마법의 꽃즙으로 인해 이제는 미움의 대상이 된 허미아에게 지속적으로 "난쟁이 똥자루"니 "도토리" 같다느니 비난을 퍼붓기도 하고, 한때 싫어했던 헬레나를 역시 마법의 꽃즙으로 인해 사랑하게 된 드미트리어스는 헬레나를 "토러스 산맥의 흰 눈"으로, 이제는 미워하게 된 허미아를 "까마귀"로 비교하기도 한다. 마법의 꽃즙으로 인해 사랑의 대상들이 바뀌면서 말싸움을 벌이는 과정에서 이러한 요소들을 염두에 두면 배우들은 웃음 유발을 위한 연기를 더욱 잘 준비할 수 있을 것이고 관객들은 이러한 장면을 보다 유쾌하게 감상할 수 있게 될 것이다.

셰익스피어 생애 및 작품 연보

셰익스피어의 생애와 작품의 집필연대 중 일부는 비교적 정확히 기록되어 있는 자료에 의존할 수 있지만, 대부분은 막연한 자료와 기록의 부족으로 그 시기를 추정할 수밖에 없으며, 특히 작품 연보의 경우 학자들에 따라 순서나 시기에 차이가 있음을 밝힌다.

1564	잉글랜드 중부 소읍 스트랫포드 어폰 에이번Stratford-upon-Avon 출생(4월 23일). 가죽 가공과 장갑 제조업 등 상공업에 종사하면서 마을 유지가 되어 1568년에는 읍장에 해당하는 직high bailiff을 지낸 경력이 있는 존 셰익스피어와, 인근 마을의 부농 출신으로 어느 정도 재산을 상속받은 메리 아든Mary Arden 사이에서 셋째로 출생. 유복한 가정의 아들로 유년시절을 보냄.
1571	마을의 문법학교Grammar School에 입학했을 것으로 추정.
1578	문법학교를 졸업했을 것으로 추정. 졸업 무렵 부친 존은 세금도 내지 못하고 집을 담보로 40파운드 빚을 냄.
1579	부친 존이 아내가 상속받은 소유지와 집을 팔 정도로 가세가 갑자기 어려워짐.
1582	18세에 부농 집안의 딸로 8년 연상인 26세의 앤 해서웨이 Anne Hathaway와 결혼(11월 27일 결혼 허가 기록).
1583	결혼 후 6개월 만에 맏딸 수잔나Susanna 탄생(5월 26일 세례 기록).

1585	아들 햄넷Hamnet과 딸 쥬디스Judith(이란성 쌍둥이) 탄생(2월 2일 세례 기록).
1585~1592	'행방불명 기간'lost years으로 알려진 8년간의 행방에 관한 자료가 거의 없음. 학교 선생, 변호사, 군인, 혹은 선원이 되었을 것으로 다양하게 추측. 대체로 쌍둥이 출생 이후 어떤 시점(1587년)에 식구들을 두고 런던으로 상경하여 극단에 참여, 지방과 런던에서 배우이자 극작가로서 경험을 쌓았을 것으로 추측.
1590~1594	1기(습작기): 주로 사극과 희극 집필.
1590~1591	초기 희극 『베로나의 두 신사』(*The Two Gentlemen of Verona*) 『말괄량이 길들이기』(*The Taming of the Shrew*)
1591	『헨리 6세 2부』(*Henry VI, Part II*)(공저 가능성) 『헨리 6세 3부』(*Henry VI, Part III*)(공저 가능성)
1592	『헨리 6세 1부』(*Henry VI, Part I*)(토머스 내쉬Thomas Nashe 와 공저 추정) 『타이터스 앤드러니커스』(*Titus Andronicus*)(조지 필George Peele과 공동 집필/개작 추정)
1592~1593	『리처드 3세』(*Richard III*)
1592~1594	봄까지 흑사병 때문에 런던의 극장들이 폐쇄됨.
1593	「비너스와 아도니스」(*Venus and Adonis*)(시집)
1594	「루크리스의 강간」(*The Rape of Lucrece*)(시집) 두 시집 모두 자신이 직접 인쇄 작업을 담당했던 것으로 추

정되며, 사우샘프턴 백작The third Earl of Southampton에게 헌사하는 형식.

챔벌린 극단Lord Chamberlain's Men의 배우 및 극작가, 주주로 활동.

1593~1603 및 이후 『소네트』(*Sonnets*)

1594   『실수 연발』(*The Comedy of Errors*)

1594~1595   『사랑의 헛수고』(*Love's Labour's Lost*)

1595~1600   2기(성장기): 낭만희극, 희극, 사극, 로마극 등 다양한 장르 집필.

1595~1596   『로미오와 줄리엣』(*Romeo and Juliet*)

             『리처드 2세』(*Richard II*)

             『한여름 밤의 꿈』(*A Midsummer Night's Dream*)

             『존 왕』(*King John*)

1596   아들 햄넷 사망(11세, 8월 11일 매장).

             부친의 가족 문장 사용 신청을 주도하여 허락됨(10월 20일).

1596~1597   『베니스의 상인』(*The Merchant of Venice*)

             『헨리 4세 1부』(*Henry IV, Part I*)

             스트랫포드에 뉴 플레이스 저택Great House of New Place 구입
             (마을에서 두 번째로 큰 저택으로 런던 생활 후 은퇴해서 죽을 때까지 그곳에 기거).

1598   벤 존슨Ben Jonson의 희곡 무대에 출연.

1598~1599   『헨리 4세 2부』(*Henry IV, Part II*)

             『헛소동』(*Much Ado About Nothing*)

『헨리 5세』(*Henry V*)

1599   시어터 극장The Theatre에서 공연하던 셰익스피어의 극단이 땅
        주인의 임대계약 연장을 거부하자 '극장'을 분해하여 템즈강
        남쪽 뱅크사이드 구역으로 옮겨 글로브 극장The Globe을 짓고
        이곳에서 공연. 지분을 투자하여 극장 공동 경영자가 됨.

1599~1600   『줄리어스 시저』(*Julius Caesar*)
             『좋으실 대로』(*As You Like It*)

1601~1608   3기(원숙기): 주로 4대 비극작품이 집필, 공연된 인생의 절정기

1600~1601   『햄릿』(*Hamlet*)
             『윈저의 즐거운 아낙네들』(*The Merry Wives of Windsor*)
             『십이야』(*Twelfth Night*)

1601   「불사조와 거북」(*The Phoenix and the Turtle*)(시집)
        아버지 존 사망(9월 8일 장례).

1601~1602   『트로일러스와 크레시다』(*Troilus and Cressida*)

1603   엘리자베스 여왕 사망(3월 24일). 추밀원이 스코틀랜드의 제
        임스 6세를 잉글랜드의 제임스 1세로 선포.
        제임스 1세 런던 도착(5월 7일) 후 셰익스피어 극단 명칭이
        챔벌린 경의 극단에서 국왕의 후원을 받는 국왕 극단King's
        Men으로 격상되는 영예(5월 19일).
        제임스 1세 즉위(7월 25일).

1603~1604   『자에는 자로』(*Measure for Measure*)
             『오셀로』(*Othello*)

1605   『끝이 좋으면 다 좋다』(*All's Well That Ends Well*)

『아테네의 타이먼』(*Timon of Athens*)(토머스 미들턴Thomas Middleton과 공동작업)

1605~1606 　『리어 왕』(*King Lear*)

1606 　『맥베스』(*Macbeth*)

　『안토니와 클레오파트라』(*Antony and Cleopatra*)

1607 　딸 수잔나, 성공적인 내과의사인 존 홀John Hall과 결혼(6월 5일).

1607~1608 　『페리클레스』(*Pericles*)(조지 윌킨스George Wilkins와 공동작업)

　『코리올레이너스』(*Coriolanus*)

1608~1613 　제4기: 일련의 희비극 집필.

1608 　셰익스피어 극장이 실내 극장인 블랙프라이어스Blackfriars 극장을 동료배우들과 함께 합자하여 임대함(8월 9일).

　어머니 메리 사망(9월 9일 장례).

1609 　셰익스피어 극장이 블랙프라이어스 극장 흡수, 글로브 극장과 함께 두 개의 극장 소유.

1609~1610 　『심벌린』(*Cymbeline*)

1610~1611 　『겨울 이야기』(*The Winter's Tale*)

　『태풍』(*The Tempest*)

1611 　고향 스트랫포드로 돌아가 은퇴 추정.

1613 　『헨리 8세』(*Henry VIII*)(존 플레처John Fletcher와 공동작업설)

　『헨리 8세』 공연 도중 글로브 극장 화재로 전소됨(6월 29일).

1613~1614 　『두 사촌 귀족』(*The Two Noble Kinsmen*)(존 플레처와 공동작업)

1614~1616 　말년: 주로 고향 스트랫포드의 뉴 플레이스 저택에서 행복하

고 평온한 삶 영위.

1616	둘째 딸 쥬디스, 포도주 상인 토마스 퀴니Thomas Quiney와 결혼(2월 10일).

쥬디스의 상속분을 퀴니가 장악하지 않도록 유언장 수정(3월 25일).

스트랫포드에서 사망(4월 23일. 성 삼위일체 교회 내에 안장).

1623	『페리클레스』를 제외한 36편의 극작품들이 글로브 극장 시절 동료 배우 존 헤밍John Heminge과 헨리 콘델Henry Condell이 편집한 전집 초판인 제1이절판으로 출판됨.

아내 앤 해서웨이 사망(8월 6일).

옮긴이 **김용태**

연세대학교 영어영문학과 학사
연세대학교 대학원 영어영문학과 석사
미국 네브라스카 주립대학교 영문학과 박사
현재, 명지대학교 영어영문학과 교수

주요 저서 『셰익스피어 작품해설 II』(공저), 『셰익스피어 연극사전』(공저)
주요 역서 『한여름 밤의 꿈』(*A Midsummer Night's Dream*), 『리어왕』(*King Lear*)
주요 논문 「셰익스피어의 『타이터스 앤드로니커스』와 줄리 타이머의 〈타이터스〉: 여성적 복수/
　　　　　　폭력과 무서운 어머니」, 「셰익스피어의 『리어왕』과 스마일리의 『천 에이커』: 딸들의
　　　　　　잊힌 기억 이야기」

한여름 밤의 꿈

초판 발행일 2016년 11월 28일

옮긴이 김용태
발행인 이성모
발행처 도서출판 동인
주　소 서울시 종로구 혜화로3길 5 118호
등　록 제1-1599호
TEL　　(02) 765-7145 / FAX (02) 765-7165
E-mail　dongin60@chol.com
ISBN　　978-89-5506-736-1
정　가 8,000원